TABLEAU

DE

L'AMOUR CONJUGAL

Par M. VENETTI

TOME DEUXIÈME

La Félicité Conjugale.

PARIS.

LE BAILLY, LIBRAIRE-ÉDITEUR

Rue de l'Abbaye-Saint-Germain-des-Prés, 2 bis.

TABLEAU

DE

L'AMOUR CONJUGAL

—

TOME DEUXIÈME

AFRIQUE

Famille arabe au désert.

TABLEAU

DE

L'AMOUR CONJUGAL

PUBLIÉ APRÈS DES

RECHERCHES NOMBREUSES

SUR DES DOCUMENTS ANCIENS ET MODERNES

Par M. VENETTI

OUVRAGE ORNÉ DE 24 GRAVURE

TOME DEUXIÈME

La récompense du travail.

PARIS

LE BAILLY, LIBRAIRE-ÉDITEUR

Rue de l'Abbaye-Saint-Germain-des-Prés, 2 bis.

TABLEAU

DE

L'AMOUR CONJUGAL

L'Amour et le Mariage

CHAPITRE PREMIER

La loi d'amour.

La loi d'amour est ancienne comme le monde. Dès les premières pages de la Genèse, on la trouve formulée par le céleste Ouvrier de la création :

« Et le Seigneur Dieu dit : Il n'est pas bon que l'homme soit seul ; faisons-lui une aide semblable à lui.

« Le Seigneur Dieu envoya donc à Adam un profond sommeil, et, pendant qu'il dormait, Dieu prit de la chair d'un de ses côtés, et ferma ensuite la plaie.

1.

« Le Seigneur Dieu forma ainsi une femme d'une côte d'Adam, et l'amena devant Adam.

« Et Adam dit : Voilà maintenant l'os de mes os, la chair de ma chair; celle-ci s'appellera d'un nom pris du nom de l'homme, parce qu'elle a été tirée de l'homme.

« C'est pourquoi l'homme quittera son père et sa mère, et s'attachera à sa femme, et ils seront deux dans une même chair. »

Expression simple et sublime à la fois des intentions de la Providence, ces versets de l'Écriture constituaient la base sur laquelle devaient s'appuyer la famille et la société.

Cette loi d'amour, dictée à la créature raisonnante, à l'homme, tous les êtres la reconnaissent, tous l'affirment par leur existence même.

La vie est en effet le corollaire, la conséquence de l'amour; c'est l'amour qui perpétue les générations, et de quelque côté que nous tournions les yeux dans la nature, nous l'y voyons régner comme le principe conservateur de l'ordre établi.

Les insectes et les oiseaux, les arbres et les plantes sont ses sujets comme l'homme : affinité, instinct ou sympathie, quel que soit le nom dont on l'appelle, c'est toujours lui que l'on salue dans la fleur fraîchement éclose, dans la mousse qui reverdit, dans l'insecte qui ouvre pour la première fois son aile d'or; dans la génération humaine qui s'élève riche d'espérances d'avenir.

Cette puissance universelle est la seule qui

n'ait point été niée, ou simplement mise en question.

Les religions ont vu tomber leurs autels, les empires se sont renouvelés, les civilisations ont flotté pendant des siècles de la lumière à l'ombre, de l'ombre à la lumière; mais, au milieu de tous les bouleversements, l'amour a vu son principe divin affirmé par tous les dogmes, par toutes les sectes, par tous les systèmes.

C'est que, comme toutes les lois naturelles, il est à l'abri des éventualités inhérentes aux spéculations de l'homme; rien de ce qui altère la tranquillité du monde ne peut le toucher; il surnage à tous les troubles et domine toutes les révolutions physiques ou morales. Le jour où il perdrait ce privilége, le jour où son action pourrait être paralysée par une cause quelconque, ce jour-là le monde finirait, privé de son principe essentiel.

On comprend que nous examinions d'abord cette question de l'amour au point de vue purement philosophique; mais, après cet amour primordial qui est la vie, se présente, sous le même nom, un sentiment qui revêt une foule de formes et qu'il est permis d'analyser à un point de vue plus spécialement humain.

Celui-là aura dans ce petit livre une place relativement plus importante que le premier; car, pris dans une acception plus large, plus extensible, pour ainsi dire, il ne peut se définir au moyen d'une formule simple, et doit se révéler par des exemples et une recherche de détails qu'il paraîtrait superflu d'ajouter à la constatation de la loi morale que nous avons mise en avant dès les premières lignes de ce travail.

Un de nos grands écrivains modernes, un historien, un philosophe et un poëte tout à la fois, a, dans quelques lignes d'un livre devenu promptement célèbre, tracé très-nettement le rôle de l'amour dans la société moderne, et résumé les causes qui, en amoindrissant son influence, peuvent en même temps compromettre l'équilibre moral de notre époque.

Voici comment il s'exprime :

«Cette question de l'amour gît, immense et obscure, sous les profondeurs de la vie humaine ; elle en supporte les bases mêmes et les premiers fondements. La famille s'appuie sur l'amour, et la société sur la famille. Donc l'amour précède tout. Telles les mœurs et telle la cité. La liberté serait un mot si l'on gardait des mœurs d'esclaves. Ici on cherche l'idéal, mais l'idéal qui se peut réaliser aujourd'hui, non celui qu'il faut ajourner à une société meilleure. C'est la réforme de l'amour et de la famille qui doit précéder les autres et qui les rendra possibles.

«Un fait est incontestable : au milieu de tant de progrès matériels, intellectuels, le sens moral a baissé ; tout avance et se développe ; une seule chose diminue, c'est l'âme.

«Au moment vraiment solennel où le réseau des fils électriques, répandu sur toute la terre, va centraliser sa pensée et lui permettre d'avoir enfin conscience d'elle-même, quelle âme allons-nous lui donner ? Et que serait-ce si la vieille Europe, dont elle attend tout, ne lui envoyait qu'une âme appauvrie ?

« L'Europe est vieille , et elle est jeune en ce sens qu'elle a, contre sa corruption, les rajeunissements du génie. A elle de changer le monde en se changeant. Elle seule sait, voit et prévoit. Qu'elle garde la volonté, et tout est sauvé encore.

« On ne peut se dissimuler que la volonté n'ait subi dans les derniers temps de profondes altérations. Les causes en sont nombreuses. J'en signalerai deux seulement, morales et physiques à la fois , qui, frappant précisément au cerveau et l'émoussant, tendent à paralyser toutes nos puissances morales.

« Depuis un siècle, l'invasion progressive des spiritueux et des narcotiques se fait invinciblement, avec des résultats divers selon les populations; ici obscurcissant l'esprit, le barbarisant sans retour ; là, mordant plus profondément dans l'existence physique, atteignant la race même, mais partout isolant l'homme, lui donnant, même au foyer, une déplorable préférence pour les jouissances solitaires.

« Nul besoin de société, d'amour, de famille. A la place, les mornes plaisirs d'une vie polygamique, qui, n'imposant nulle charge à l'homme, ne garantissant pas la femme (comme la polygamie de l'Orient), est d'autant plus destructive, indéfinie, sans limite, stimulante et énervante par un continuel changement.

« On se marie de moins en moins dans les villes (voir les chiffres officiels). Et ce qui n'est pas moins grave, quand la femme est épousée, ce n'est que très-tard. A Paris, où elle est précoce et nubile de bonne heure, elle n'arrive au mariage qu'à vingt-cinq ans. Donc, huit ou dix ans d'attente, le plus souvent de misère, de désordres mêmes forcés. Ce mariage est peu solide et ne garantit pas de l'abandon.

« Etat sauvage où l'amour n'est qu'une guerre à la femme, profitant de sa misère, l'avilissant, et, flétrie, la rejetant vers la faim. » (MICHELET, *L'Amour.*)

La loi d'amour, on le comprend d'après cet exposé rapide, la loi d'amour fidèlement observée est une garantie de bonheur pour l'espèce humaine; négligée ou mise en oubli, elle fait expier à l'homme son abandon par un abaissement du niveau moral; elle prépare des catastrophes dont il cherchera peut-être la cause ailleurs, mais qui le frapperont d'autant plus durement qu'il se refusera à en connaître l'origine.

Donc, il faut aimer, et au début de ce livre on peut poser cet axiome :

L'amour est la garantie du bonheur comme il est la condition de l'existence.

CHAPITRE II

Comment on aime.

Nous avons indiqué que l'amour, tel qu'on le comprend vulgairement, affectait une grande variété de formes.

Avant de l'examiner au point de vue des tempéraments ou des caractères, il faut esquisser son histoire générale.

Dans l'antiquité, l'amour, — sauf de bien rares exceptions, — pouvait passer pour une tendance purement physique.

A ces époques reculées, la femme, tenue dans un état de sujétion et d'abaissement, que les siècles ont lentement combattu, la femme, disons-nous, ne représentait qu'un bien, une chose, ayant place dans la maison, mais n'y régnant pas.

De là, imperfection dans le sentiment, qui entraînait l'homme vers sa compagne naturelle.

L'amour n'était alors rien autre chose qu'un appétit, où la matière avait seule part, à l'exclusion du cœur.

Pour nous servir d'une expression vulgaire, la femme était réduite à l'état de femelle; l'époux voyait en elle la mère de ses enfants, la machine à procréer, mais non point vraiment l'épouse ou la maîtresse dans l'entière acception du mot.

Ceci explique la polygamie, l'échange des femmes, la dot donnée par le mari, sorte d'achat que nos mœurs repoussent maintenant, et qui faisait du monde, à cette période primitive, une sorte de grand marché aux esclaves.

Les manifestations de l'amour étaient alors grossières, comme elles les ont encore chez certaines peuplades sauvages du Nouveau Monde.

« Dans la Nouvelle-Zélande, dit M. Eugène Pelletan, dans son excellent ouvrage : *la Mère*, lorsqu'un Adam quelconque aspire à une Ève tatouée du voisinage, il va l'attendre à l'affût, derrière une haie, et lorsqu'elle passe à sa portée, il l'étend par terre d'un coup de bâton.

« Ce contrat sommaire de mariage a régné partout, à l'origine, à l'Est, à l'Ouest, au Nord, au Midi, au sommet de l'Himalaya aussi bien qu'au pied du Capitole, en Scandinavie aussi bien qu'en Cafrerie. L'Inde lui gardait la place d'honneur dans la loi de Manou.

« Quand, après avoir fait brèche à la maison, et tué ou blessé, on enlève de force une jeune fille qui pleure et qui crie au secours; on appelle cela le mariage du Géant, disait la loi de Manou.....

L'union du Géant survit encore à cette heure même sur la frontière du Zakara; lorsqu'un Arabe convoite une femme, il l'enlève à la tête d'une troupe d'amis, au milieu d'une salve de coups de fusil, et il l'emporte, pliée en deux, sur la crinière de son cheval.

« Le sauvage n'a pas besoin d'aimer, et il en aurait besoin, qu'il n'en aurait pas le temps; car il n'a pas trop de sa journée pour gaguer son dîner. Il chasse et il dort, et quand il songe à sa femme dans l'entr'acte, c'est pour la battre, sous prétexte d'amour. »

La femme se vendait ou on la vendait, quand elle n'était pas prise de force.

Et comme toute civilisation marche lentement, il faut bien reconnaître que cette vente de la femme était un progrès.

Pour la dot exigée par la famille, en échange de l'enfant qu'elle livrait, on trouve la première consécration d'un principe légal.

«Quelquefois, lisons-nous encore dans l'ouvrage précité, quelquefois l'amant ne pouvait payer sa fiancée au comptant, il la payait en nature, il prenait du service chez son beau-père ; on retrouve partout, dans la géographie comme dans l'histoire, ce mode patriarcal de mariage ; ce ne fut qu'après un engagement et un rengagement de sept ans que Jacob put épouser Rachel. »

La Bible nous a conservé, dans les versets suivants de la Genèse, le récit de cette exigence imposée au patriarche :

«Jacob donc, étant parti, vint en la terre l'Orient.

«Et il vit un puits dans un champ, et auprès rois troupeaux de brebis couchées, car c'est ce puits que les troupeaux s'abreuvaient, et e puits était fermé avec une grosse pierre.

«Or c'était la coutume, lorsque tous les troupeaux étaient rassemblés, de rouler la pierre ; t les troupeaux s'abreuvaient et on la remettait sur le puits.

«Jacob dit aux pasteurs : Mes frères, d'où êtes-vous ? Et ils répondirent : De Hasan.

«Et il les interrogea. «Ne connaissez-vous point Laban, fils de Natron ? Et ils répondirent : Nous le connaissons.

«Se porte-t-il bien ? dit-il. Ils répondirent : Il se porte bien ; et voici Rachel, sa fille, qui vient avec son troupeau.

. . . .

«Et lorsque Jacob la vit et qu'il sut qu'elle était sa cousine et que les brebis étaient celles de Laban, frère de sa mère, il ôta la pierre qui couvrait le puits.

«Et ayant abreuvé le troupeau de Rachel, il l'embrassa, et élevant la voix, il pleura.

«Et il lui dit qu'il était frère de son père et fils de Rebecca. Et elle courut en hâte l'annoncer à son père.

«Lequel ayant entendu que Jacob, fils de sa sœur, était venu, sortit au-devant de lui et l'embrassa, et, en l'embrassant, le conduisit en sa maison. Et quand il eut appris la cause de son voyage,

«Il lui dit : Tu es de mes os et de ma chair. Et après un mois accompli,

«Il lui dit : Me serviras-tu gratuitement parce que tu es mon frère ? Dis-moi quelle récompense tu veux avoir.

«Or, il avait deux filles : le nom de l'aînée était Lia, et le nom de la plus jeune était Rachel.

«Lia avait les yeux faibles et malades, et Rachel était grande et belle.

«Jacob, qui aimait celle-ci, lui dit : Je vous

servirai sept ans pour Rachel, votre plus jeune fille.

« Et Laban répondit : Il vaut mieux que je te a donne qu'à un autre homme ; demeure avec moi.

« Jacob donc servit sept ans pour Rachel, et ls lui parurent peu de jours à cause de son grand amour.

« Et il dit à Laban : Donne-moi ma femme, car le temps est venu que je m'approche d'elle.

« Et Laban, ayant assemblé plusieurs de ses mis dans un festin, fit les noces.

« Mais le soir, il fit entrer Lia, sa fille, dans la chambre de Jacob,

« Et lui donna une servante du nom de Zelpha. Jacob donc s'approcha d'elle ; mais, le matin venu, Jacob vit Lia,

« Et dit à son beau-père : Qu'est-ce que vous avez voulu ? Ne vous ai-je pas servi pour Rachel ? Pourquoi m'avez-vous trompé ?

« Laban répondit : Ce n'est pas la coutume dans notre pays de donner en mariage les plus jeunes avant les aînées.

« Accomplis les sept jours de mariage et je te donnerai Rachel pour sept années encore que me serviras.

« Jacob donc y consentit ; et après les sept ans il prit pour femme Rachel.

« A laquelle son père avait donné Bala pour servante.

« Et ayant obtenu le mariage qu'il désirait, il préféra l'amour de la seconde à la première, il servit encore Laban durant sept années. »

Après avoir été vendue, réduite en esclavage,

la femme aimée seulement pour son corps, fut méprisée moralement de ceux-là mêmes qui la recherchaient.

Aussi loin qu'on remonte dans la légende ou dans l'histoire, on y trouve la preuve de ce mépris.

Suivant l'homme, la compagne que Dieu lui avait donnée était une créature bien inférieure à lui, il ne lui accordait pas d'âme, ou s'il lui en accordait une, il la peignait comme imparfaite et naturellement vicieuse, prédestinée au mal, ouverte à toutes les honteuses passions.

«Brama, lit-on encore dans le livre de *La Mère*, Brama, disait la loi Manou, a donné à la femme la passion de la table, de la parure, de la paresse, du mensonge, de la perfidie, de la luxure, etc. Il n'y a pas un vice, pas un défaut grossier ou aimable qui manque au rendez-vous. Une femme, ajoute le texte, peut écarter le sage lui-même du droit chemin; aucune vertu ne peut résister à sa puissance. Elle a la bouche d'un lutin, mais le cœur de l'acier tranchant; elle n'aime personne : elle n'aime qu'elle même, et pour un caprice, elle tue ou fera tuer mari, fils, frère ou beau-frère.

«Qand Dieu créa la femme, dit le poëte Simonide, il ne lui donna d'abord qu'un corps; mais quand il voulut lui donner une âme, il fit l'âme de la première avec une portion de truie; l'âme de la seconde avec une mixture de renard; l'âme de la troisième avec une particule de chien; l'âme de la quatrième avec une motte de terre; l'âme de la cinquième avec l'écume de la mer; l'âme de la sixième avec une oreille d'âne; l'âme de la septième avec une queue de chat; l'âme de la huitième avec une crinière de jument, l'âme de la neuvième avec une grimace de singe; et l'âme enfin de la dixième avec le miel de l'abeille : il n'y a donc qu'une femme sur dix qui trouve grâce devant Simonide. »

A cette femme honnie, conspuée, avilie, l'homme ne pouvait attacher un prix honorable.

Aussi la vertu, la pudeur, tout ce qui double la grâce de la créature, ne furent-elles pas plus respectées dans la femme que dans la jeune fille.

La prostitution régna au grand jour; les familles abandonnèrent leurs enfants à l'affreux culte des dieux de la luxure : les maris jouèrent leur femme comme ils eussent joué leur cheval et leur chien. En Perse, ils la donnèrent pour rien.

Cette hospitalité repoussante existe encore chez certaines peuplades de l'Océanie.

Quand un étranger est le bienvenu sous la tente ou dans la hutte du sauvage, il lui offre sa femme, et c'est une injure que de la refuser.

Mais le temps marche, les idées s'épurent, le panthéisme grec crée le culte de l'amour et de la beauté. Alors on commence à rehausser la femme à sa véritable place.

Le règne de la polygamie est à son déclin; les esprits élevés de l'intelligente Athènes proclament l'intelligence de la femme et lui rendent les honneurs qui lui sont dus.

Alors l'amour s'idéalise.

Il devient moins matériel ; ce qu'on voit dans la femme désirée, ce n'est plus seulement sa forme admirable, c'est encore un peu son esprit.

Le progrès, sans doute, n'est pas aussi arrivé à son dernier degré de perfection ; mais il y court à grands pas.

On n'épouse déjà plus qu'une femme et on lui donne part aux délibérations de la famille.

Plus encore, elle se mêle aux agitations du monde extérieur ; sa vie n'est plus bornée aux murailles du gynécée ; la patrie commence à nombrer ses héroïnes.

Ce mouvement régénérateur prend à Rome une allure encore plus décidée.

A côté des monstruosités qu'enfante le règne des courtisanes, on relève des faits touchants, des actes de haute vertu.

Les matrones romaines deviennent elles-mêmes les institutrices de leur génération.

Habituées aux agitations de la vie, familiarisées avec les théories des philosophes et les principes des gouvernants, elles savent déjà préparer leurs fils aux luttes qui les attendent à l'âge d'homme.

Mais l'époque du vrai triomphe de la femme, l'ère brillante de sa régénération morale, c'est le premier siècle du christianisme.

A dater de cette période, elle marche de pair avec l'homme.

Souvent sans doute, les principes qui ont présidé à sa rénovation sont mis en oubli ; mais la révolution des esprits se fait sans interrup-

tion, et, de siècle en siècle, elle arrive au point
où nous en sommes aujourd'hui.

La femme, au XIXᵉ siècle, n'a plus rien à re-
vendiquer.

On l'a établie dans sa position supérieure ;
on est heureux des hommages qu'on lui rend ;
elle est souveraine et maîtresse de tout ce qui
l'entoure ; tout ce qui est élégance, esprit, grâce,
beauté, lui appartient, et elle ne demande rien
de plus.

Nous parlons en général, bien entendu. Une
certaine catégorie de femmes en effet rêve plus
encore que ce qu'on lui accorde.

Après avoir reconquis les respects de
l'homme, inspiré l'amour véritable, régné par
la beauté et par le cœur, celles-là veulent davantage pour la satisfaction de leur orgueil.

Dans les meetings d'Amérique, on voit des
femmes prendre la parole et réclamer l'exercice
de leurs droits politiques.

Pure utopie, dont le temps fera justice. La
femme peut être un conseil : elle ne sera jamais
un rouage actif de la machine gouvernemen-
tale.

Les Français ont compris depuis longtemps
cette distinction, eux qui depuis des siècles, ont
proclamé la loi salique.

Si la femme doit gouverner, c'est par la seule
puissance de sa grâce.

Cet aperçu historique sur la condition de la
femme, qui donne en même temps une notion des
diverses phases par lesquelles a dû passer ce
sentiment multiforme qu'on appelle l'amour,

ne répond pas encore complétement au titre écrit en tête de ce chapitre.

Il nous reste à parler de la façon dont l'amour se traduit, suivant les races, les tempéraments et les caractères, questions qui rentrent souvent l'une dans l'autre, mais qu'il ne sera pourtant pas inutile de classer.

Les deux grandes divisions de la physiologie passionnelle comprennent tout d'abord les peuples du Nord et les peuples du Midi.

Dans le Nord, l'amour vient plus lentement, mais il s'enracine davantage; il est plus patient, plus tenace et aussi plus timide.

Il accepte mieux les sacrifices et les épreuves; la manifestation en est plus grave; il se raisonne mieux et se traduit avec plus de modération.

Il semble participer de la froideur du ciel qui fait éclore plus doucement les fleurs et qui mûrit les fruits à l'arrière-saison, sans que les fleurs soient moins brillantes et les fruits moins savoureux.

Un peu de mélancolie se mêle presque toujours à cet amour septentrional qui recherche les unions spirituelles avant tout.

Les poésies norwégiennes, les livres allemands portent l'empreinte de ces tendances métaphysiques, et on trouve dans les écrits des philosophes et des romanciers de cette région les preuves de cette préférence accordée aux appétits de l'âme sur ceux du corps.

Le Midi, au contraire, nourrit les passions ardentes, primesautières, spontanées.

Là, l'amour a l'éclat et l'ardeur du soleil qui

dore les fruits de la terre à l'heure où, dans les régions boréales, le germe des mêmes fruits est à peine formé.

Mais cet amour plus rapide est aussi moins durable et moins patient.

Il se lasse d'une courte attente, il s'irrite d'un obstacle ; sa force le pousse parfois à la violence ; il vit plus de sensations que de sentiment.

Suivant une vieille image, il voltige comme le papillon ; on l'aime pour sa vivacité, on le craint pour son inconstance.

Les exceptions confirment la règle.

Les tempéraments et les caractères, qui sont le plus souvent sous la dépendance des tempéraments, font déroger certaines natures aux lois que nous venons de formuler.

C'est ainsi que l'homme blond sent plus profondément, mais aussi plus lentement que l'homme brun.

On accorde à l'un plus de confiance ; on cède à l'autre avec plus d'entraînement.

Il y aurait un livre à faire sur la seule recherche des causes qui déterminent les diverses formes de l'amour.

Nous devons nous borner à accuser le principe de cette recherche, qu'il n'entre point dans notre cadre de développer ici.

CHAPITRE III

L'amour dans le mariage.

Le mariage veut l'amour.

Aimer sans but, c'est caprice; il faut aimer en vue de l'union.

Le mariage n'a pas toujours été compris de la sorte.

Aux premiers siècles, dans les républiques à l'état d'enfance, le mariage était une pure formalité n'engageant en rien l'avenir.

Ici la jeune fille se vouait à l'infamie pour gagner sa dot; là, on l'enfermait dans une salle obscure, et des jeunes gens venaient, qui, à tâtons, cherchaient celle qui devait être leur épouse.

Quand ils en avaient atteint une, elle leur appartenait sans qu'ils eussent le droit de revenir sur cette sorte de loterie.

Chez les Gaulois, nos ancêtres, la cérémonie des mariages se faisait au grand jour, mais d'une façon non moins bizarre.

Quand un homme voulait marier sa fille, il l'amenait dans la salle où il avait réuni, pour un festin, ses amis et ses proches.

Elle parcourait du regard l'assemblée, composée en grande partie de jeunes hommes, et lorsqu'elle en avait distingué un, elle venait s'asseoir près de lui, lui versait à boire et buvait avec lui dans la même coupe.

Cet acte consacrait son choix, et sous peine de manquer à toutes les lois acceptées, le jeune homme élu devait accepter pour femme celle qui l'avait lié de cette façon, fût-elle d'ailleurs sans grâce et sans beauté.

La loi gauloise offrait, il est vrai, une compensation à ces maris malgré eux.

Ils avaient droit de vie et de mort sur leurs femmes.

A Rome, le mariage avait des préliminaires plus solennels, et les cérémonies qui le consacraient empruntaient une certaine grandeur poétique aux souvenirs de la fable panthéiste.

Voici d'après *Herculanum et Pompéi* le très-curieux recueil gravé par M. Roux, sur le texte de M. L. Barré, les notions les plus essentielles touchant ce sujet.

« Le mariage légal se contractait de trois manières différentes, appelées *confarréation, coemption* et *usage.*

«La première espèce de mariage se célébrait en présence de dix témoins ; le grand prêtre de Jupiter, souverain pontife et flamine diale, consacrait, par une formule particulière, un gâteau de farine (far) offert par la fiancée, auquel les époux goûtaient ensemble, et que l'on offrait au dieu avec un agneau.

«On regardait cette sorte de mariage comme la plus solennelle, celle qui établissait entre les époux la communauté la plus parfaite; et en effet, elle ne pouvait être dissoute que par une autre cérémonie également solennelle que l'on appelait *diffaréation.*

«Une femme mariée de cette façon était mise

sous le pouvoir de son époux par la loi divine elle-même, *in manum, in potestaten viri conveniebat.* (Elle venait en la puissance de son mari.)

« Si l'époux mourait sans enfants et qu'il n'eût pas testé, elle héritait de tous ses biens, comme si elle était sa propre fille ; s'il existait des enfants, elle entrait en partage avec eux et prenait une part égale à celle de chacun d'eux.

« Cette femme avait-elle commis quelque faute, son époux la jugeait en présence de ses parents à elle ; puis, il pouvait la punir à son gré, même de mort, pour les fautes les plus graves : et, parmi ces fautes, on comptait celle dont la femme se rendait coupable en buvant du vin. — Telle était la peine portée par la loi des douze tables ; et cette disposition fut en vigueur tant que les lois romaines se maintinrent dans leur pureté et leur sévérité primitives.

« Les enfants qui devaient le jour à de pareilles unions étaient légitimes par excellence, et on les appelait *patrimi* et *matrimi.* Ces enfants pouvaient seuls être employés dans les sacrifices et surtout dans les cérémonies nuptiales, pour porter les flambeaux dont nous allons parler tout à l'heure. — On choisissait parmi ces enfants devenus adultes les grands prêtres et les vestales. Dans les derniers temps de l'empire romain, les mariages par confarréation devinrent beaucoup plus rares, suite nécessaire du relâchement des mœurs.

« Dans la *coemption,* ou l'union par achat mutuel, les deux fiancés s'offraient réciproquement une petite pièce de monnaie, un as. — En même temps l'homme demandait à la femme si elle voulait devenir pour lui une mère de famille, (*an sibi mater familias esse vellet*); celle-ci répondait qu'elle le voulait bien, *se velle*.

« A son tour la femme demandait à l'homme s'il voulait être pour elle un père de famille, (*an sibi pater familias esse vellet*), et il répondait de même *se velle*. Or, le nom de *mater familias* convenait seulement à la femme qui contractait cette espèce d'union, comme le terme *matrima* à celle qui se mariait par confarréation et qui était mère au pouvoir de l'époux (*in manum viri conveniebat*). La fiancée était en outre munie de deux autres pièces de monnaie, dont l'une qu'elle portait dans sa chaussure, devait être déposée sur le foyer des lares domestiques ; l'autre, qu'elle renfermait dans sa bourse, était jetée dans le carrefour voisin de la demeure conjugale.

« Enfin, le mariage par cohabitation ou usage (*usu*), avait lieu quand une femme, du consentement de ses parents, vivait avec un homme durant une année entière et sans faire une absence de trois nuits consécutives.

« Outre les cérémonies légales et essentielles dont nous avons parlé, il y avait, pour les deux premières espèces de mariages, une foule de rites ou d'usages consacrés qui nous restent à décrire. On sent que de sa nature même, le mariage par cohabitation n'était point soumis à ces formalités.

« Les jeunes gens pouvaient se marier à l'âge de quatorze ans et les filles dès celui de douze. Le mariage légal ne pouvait avoir lieu qu'entre citoyens romains, à moins d'une permission accordée par le peuple, le sénat, ou plus tard l'empereur. L'ancien usage ne permettait pas à un citoyen romain d'épouser une affranchie, mais la loi Poppæa limita cette défense : il demeura seulement interdit aux sénateurs, à leurs fils et à leurs petits-fils d'épouser une affranchie, une femme de théâtre ou la fille d'un histrion. Les mariages avec les étrangers devinrent très-fréquents après le décret de Caracalla, qui accorda les droits de citoyen à tous les habitants de l'empire ; jusque-là on avait regardé comme illégitimes les enfants nés d'un Romain et d'une étrangère, ou d'un étranger et d'une Romaine, dans tous les cas enfin, la loi romaine prohibait formellement la polygamie.

« Préférablement au mariage, le prétendant adressait sa demande au père de celle qu'il voulait épouser. On réunissait alors pour la signature du contrat tous les membres des deux familles, qui y apposaient leur cachet, et dans cette fête de fiançailles, le jeune homme présentait à sa future épouse un anneau (*annulus pronubus*), qu'elle mettait aussitôt au petit doigt de sa main droite. On ne célébrait point les noces sans avoir consulté les auspices, sans avoir offert des sacrifices au ciel et à la terre, les premiers époux à Minerve toujours vierge, et à Junon pronuba : dans ces sacrifices on immolait souvent un pourceau, et, par une allégorie touchante, on ôtait toujours le fiel des victimes. Les mariages n'avaient lieu ni les jours néfastes, ni pendant les fêtes publiques, ni enfin pendant tout le cours du mois de mai. Les veuves seules pouvaient célébrer leurs nocès un jour de fête, afin que ces unions, que l'on considérait jusqu'à un certain point comme scandaleuses, eussent un plus petit nombre de témoins.

« Le jour des noces arrivé, on coiffait la mariée en séparant ses cheveux en six boucles au moyen d'un fer de lance (*hasta connubialis*) ; on posait sur sa tête une couronne de verveine qu'elle avait cueillie de ses propres mains ; sa chaussure était rouge, on la parait d'une robe blanche et flottante, *tunica recta*, garnie d'une frange de pourpre ou ornée de bandelettes, et on fixait autour de sa taille une ceinture de laine, retenue par un nœud appelé nœud virginal ou nœud d'Hercule : l'époux ne devait la détacher que dans la chambre nuptiale. On couvrait la tête, la figure et le cou de la nouvelle épouse d'un voile de couleur safranée, propre à cacher sa rougeur ; ce voile était appelé flammeum ou flameum, soit à cause de sa couleur approchant de celle de la flamme, soit parce qu'il était semblable au voile des flamines. C'était à cause de ce voile que l'action de se marier était désignée en latin, quant à la femme, par le verbe *nubere*, qui signifie au propre, se voiler, *nubere alicui*, se voiler pour quelqu'un, tandis que l'on disait, en parlant de l'homme, *ducere uxorem*, littéralement, conduire chez soi comme épouse. Dans les premiers siècles de Rome, les fiancés devaient courber la tête sous un joug de charrue, emblème du mariage lui-même, qui de là prit le nom de *conjugium*. Le mariage se célébrait suivant les formes indiquées plus haut, dans la maison du père de la mariée ou dans celle de son plus proche parent. Le soir, on conduisait la nouvelle épouse à la demeure conjugale, et d'abord on faisait semblant de l'arracher violemment des bras de sa mère ou de sa tutrice, par allusion à l'enlèvement des Sabines. Trois jeunes gens, *patrimi* et *matrimi*, comme nous l'avons dit plus haut, accompagnaient la jeune femme; deux d'entre eux lui donnaient le bras, et le troisième la précédait, tenant un flambeau de pin, *tœda pinea*, et non *spinea, e spina alba*, d'épine blanche, comme lisent, on ne sait pourquoi, quelques critiques; cela est d'autant plus évident que *tœda* seul veut dire primitivement l'arbre résineux lui-même, l'espèce de pin dont les branches peuvent fournir des flambeaux et même les planches de sapin dont on fait les bordages des vaisseaux. On portait encore devant la mariée cinq autres flambeaux, *faces nuptiales, maritæ* ou *legitimæ*. Ses femmes la suivent, avec une quenouille, un fuseau et de la laine (*colus compta et fusus cum stamine*), emblèmes des travaux domestiques que ne dédaignèrent pas les matrones même des derniers siècles de la république, car Auguste ne porta jamais dans son intérieur que des vêtements fabriqués par des femmes de sa famille.

« Un jeune ministre des autels, Camilles, portait un vase couvert qui renfermait les bijoux de l'épouse et des jouets pour les enfants à venir. Les parents et les amis des deux époux accompagnaient le cortége; et, pendant la marche, les jeunes gens adressaient mille plaisanteries à la mariée (*sales et convicia*). Les portes de la maison nuptiale étaient ornées de feuillage et de fleurs, et les salles tendues de tapisseries. Là, l'épouse, à qui l'on demandait qui elle était et pourquoi elle était venue, répondait à l'époux : « *Ubi tu Caius, ibi ego Caia ;* là où tu es le maître, je viens être la maîtresse. » Ce nom de Caia ou Gaia faisait allusion à Caia Cœcilia ou Tanaquil, femme de Tarquin l'Ancien, qui avait laissé après elle le souvenir de ses vertus domestiques, et dont la quenouille était conservée dans le temple de Sancus ou Sanctor Sangus, divinité sabine qui paraît être la même qu'Hercule.

« La mariée suspendait à l'entrée de sa nouvelle demeure des tresses de laine, et frottait les côtés de la porte avec de la graisse de porc ou de loup, afin d'écarter les charmes et les sortiléges : c'est pourquoi des étymologistes latins font venir le mot *uxor* du verbe *ungere*, oindre (*quasi uxor ab ungenda*). On regardait comme d'un mauvais augure que, pour entrer dans cette maison, elle en touchât le seuil ; aussi le lui faisait-on franchir en la soulevant ou bien elle sautait légèrement par-dessus.

« Au moment où elle entrait dans la maison conjugale, on lui en remettait les clefs, on étendait à ses pieds la toison d'une brebis; emblème dont le sens était le même que celui de la quenouille et du fuseau. Les deux époux touchaient le feu et l'eau, principe de la génération universelle.

Le nouvel époux offrait un festin à ses parents, à ses amis et à ceux de la jeune femme. Pendant le repas, des musiciens chantaient l'hymne nuptial, dans lequel revenait le refrain imité du grec, *Io hymen, hymenee*, ou cet autre refrain plus latin : *Thalassia! Thalassia!* ou plutôt *Talasia! Talasia!*

«Ce dernier paraît être la répétition du datif d'un nom propre par lequel des Romains, enlevant une Sabine, répondirent à ceux qui leur demandaient à qui elle était destinée : C'est pour Talasius, dirent-ils, Talasia! Talasia! Et Hymen, chez les Athéniens, était aussi un nom propre. Selon les conjectures les plus probables, le refrain : *Io hymen, hymenee!* se répétait pendant la route que suivait le cortége nuptial. Le cri : Talasia! était poussé trois fois au moment où l'on entrait dans la maison ; et, enfin, l'épithalame proprement dit était chanté, pendant le repas, à la porte de la chambre nuptiale. Cependant Thalassia, au génitif : Thalassienis, est aussi le nom commun de l'hymne nuptiale ou le nom d'une divinité qui présidait au mariage. Il y a beaucoup de confusion dans les divers témoignages que les auteurs latins nous ont laissés à ce sujet ; et sans doute il y eut beaucoup de différences dans les rites observés, selon l'éloignement des origines et même selon les caprices des individus.

«Après le repas, l'épouse était conduite dans la chambre nuptiale par les *pronubæ*, veuves ou femmes qui n'avaient eu qu'un mari ; souvent la mère elle-même remplissait cet office. Cet appartement était ordinairement celui qui se trouvait à l'entrée, après le vestibule et la porte ; celui que l'on appelait, en général, *cavædium*, et, en particulier, *atrium*, quand, dé-

AMÉRIQUE

Les peaux rouges.

couvert au milieu, où se trouvait un bassin pour
recevoir les eaux de la pluie (*impluvium*), il
était entouré d'une galerie couverte dont le
toit s'appuyait sur des colonnes. Le lit nuptial,
magnifiquement orné, était là, pour ainsi dire,
en plein air. Mais, si ce lieu avait déjà reçu
une fois la même destination, on plaçait alors
le lit autre part, et souvent dans le viridarium,
petit jardin situé au fond de la maison et dé-
coré aussi d'un portique. On l'entourait des
statues des dieux de l'hyménée : Subigus, Per-
tunda, etc, Au même moment, l'époux se dé-
robait de son côté à ses amis, et il jetait des
noix aux enfants :

> Sparge, marite, nuces, tibi jam nova ducitur uxor.

par-là il annonçait qu'il abandonnait les
amusements puérils, et que dès lors il se con-
duirait en homme. De même, la jeune épouse
avait consacré à Vénus ses jouets et ses pou-
pées. Enfin, on congédiait les convives en leur
offrant de petits présents nommés apopharètes.

« L'épouse restait seule avec son mari et l'esclave cubiculaire, qui bientôt se retirait, em-
portant la chaussure de la nouvelle épouse en-
fermée dans une cassette, et qui veillait toute
la nuit à la porte de la chambre nuptiale.

« Le lendemain des noces, il y avait encore à
la maison nuptiale un repas que l'on appelait
repotia. Alors l'épouse recevait des cadeaux de
ses parents et des amis de sa famille : elle commençait à remplir ses devoirs de maîtresse de
maison, en faisant des libations à table et en
accomplissant les rites sacrés. »

Au moyen âge, le sentiment chevaleresque, poussé jusqu'à l'hyperbole, proclame le culte de la femme.

Avant de posséder son épouse, on veut la conquérir. On se plaît à triompher sous ses yeux dans tous les exercices du corps ; on veut la séduire par la manifestation de la vaillance et de la force ; on s'honore de porter longtemps ses couleurs et on se soumet pour mériter son choix à des épreuves qui seraient taxés aujourd'hui de folies.

Époque naïve, héroïque et croyante, où l'on faisait tout pour son Dieu et pour sa dame ; le moyen âge nous a légué le souvenir des tournois, des chevaliers errants et des cours d'amour.

Dans les tournois, on combattait à armes courtoises, et l'heureux vainqueur n'avait pas de plus grande joie que de recevoir le prix des mains de celle qu'il aimait.

Les chevaliers errants, dont Michel Cervantes a ridiculisé le type dans son immortel don Quichotte, se constituaient les défenseurs de la veuve et de l'opprimé.

Ils allaient, de par le monde, cherchant une cause juste à défendre ou une violence à réprimer ; et, dans leurs longues pérégrinations, il était bien rare qu'ils ne rencontrassent pas la «dame de leurs pensées,» celle qu'ils avaient entrevue dans leurs rêves comme l'idéal de toutes les perfections humaines et à laquelle ils avaient d'avance consacré leur vie.

Cette recherche de l'idéal créa une singulière coutume.

Quand déjà marié, mais ne trouvant d'autre
mérite à sa femme que la richesse de son ap-
port ou ses qualités de mère de famille, qualités essentiellement pratiques et ne répondant
pas complétement à ses aspirations intimes, un
chevalier rencontrait enfin la créature digne
de lui, il en entreprenait la conquête sans scru-
pule, conquête purement morale et nullement
en désaccord avec les principes religieux suivant les théories de l'époque.

Pour faire cette conquête, il lui fallait passer par quatre degrés d'initiation.

Il était tour à tour soupirant, suppliant,
écouté et enfin ami.

A cette dernière phase de la galante entre-
prise, la dame, objet de ces efforts généreux,
déclarait accepter le service du chevalier, et
pour gage de son aveu lui donnait un anneau
et un baiser. C'était le mariage de deux âmes,
union mystique dont l'épouse légitime ne se
fâchait pas parce que sans doute elle pouvait
pratiquer à son tour.

Quand cette alliance était consommée, le
servant d'amour montait à cheval et s'en allait
proclamer la beauté et la vertu de sa mie, dé-
fiant tout chevalier de le contredire.

De là les tournois, qui, malgré l'emploi
d'armes émoussées, armes courtoises dont
nous avons parlé plus haut, ne finissaient presque jamais sans effusion de sang.

Des difficultés naissaient souvent entre les
contractants de ces associations amoureuses.

On portait ces difficultés devant un tribunal
spécial où le greffier était représenté par un

enfant costumé en amour, et écrivant avec une flèche.

Ces tribunaux, présidés habituellement par les dames, s'appelaient des cours d'amour.

Après avoir jugé les causes qui se présentaient, on y soutenait des thèses galantes, sur des questions du genre de celles-ci :

Vaut-il mieux être amant que mari ?

Vaut-il mieux aimer novice que dame ?

Ces « douces beautés » qui acceptaient ainsi les hommages d'un homme et le prenaient en *servage* lui imposaient souvent de singulières épreuves.

Une dame avait trois poursuivants, raconte une chronique; elle leur fit remettre à tous trois une chemise, avec ordre d'aller à la bataille vêtus de « cette seule armure. »

Un seul l'osa; il combattit vaillamment, fut rapporté mourant et envoya à sa dame la chemise teinte de son sang.

La châtelaine revêtit cette chemise, sanglant trophée, et se montra ainsi parée au milieu d'un festin.

Une autre exigea de son amant la promesse qu'il garderait le silence pendant deux ans, en témoignage de la force et de la sincérité de son amour.

Cette promesse fut faite et tenue.

Pendant deux ans le chevalier ne parla pas. Ce mutisme volontaire fut récompensé comme il le méritait, et les troubadours, qui étaient les historiens de ces prouesses folles, transmirent à l'admiration de la postérité ce trait de singulier renoncement.

Les cérémonies du mariage avaient aussi au moyen âge leur cachet d'étrangeté.

La veille de la noce, à la tombée de la nuit, les amies de la fiancée chantent sous sa fenêtre la complainte d'adieu; puis elles suspendaient des fleurs à sa porte ou y jetaient de la paille hachée, si la jeune fille avait fait jaser sur son compte.

Le jour du mariage, qui se faisait ordinairement le mardi, le mercredi ou le jeudi, on voyait le cortége des épouseurs se diriger vers l'église.

En tête marchaient deux garçons d'honneur, portant la lance ou l'épée. Après eux venaient deux demoiselles, ayant entre les mains l'une une branche d'aubépine enrubannée, l'autre une quenouille.

Puis s'avançaient le futur et sa promise couronnée de roses.

Le curé recevait le cortége à la porte de l'église, et après avoir demandé aux assistants s'ils ne connaissaient aucun empêchement au mariage, il prononçait les formules de consécration.

Au repas, qui suivait la cérémonie religieuse, assistait toujours le curé.

Il apportait, dans ces réunions bruyantes, un enseignement austère.

Quand la tête des convives commençait à s'échauffer, le prêtre se levait.

— Il faut se souvenir des morts, disait-il, et il entonnait le *De Profundis*.

Le repas reprenait ensuite toute sa gaieté; il était suivi d'un bal, pendant lequel un jeune homme enlevait la mariée, ne consentant à la rendre au mari que lorsque celui-ci s'était engagé à donner une nouvelle fête.

Au coucher, ou parfumait le visage de l'épouse avec de l'eau de violettes, et les invités couvraient le lit de leurs cadeaux.

Le mariage consommé, les invités apportaient aux époux le chandeau, ou bouillon aux épices.

Cette coutume s'est conservée jusqu'à nos jours.

Dans les provinces du midi de la France, pendant les nuits des noces villageoises, les invités envahissent la chambre conjugale, et présentent aux mariés un poêlon plein de vin cuit, dans lequel trempe du pain grillé.

C'est la *rôtie*, que l'on remplace parfois par une énorme soupe à l'oignon, liée avec de la farine et relevée d'un peu de vinaigre.

A notre époque, où les lois et les cérémonies relatives au mariage ont reçu une réglementation uniforme, on trouve en revanche dans les motifs du mariage une étonnante diversité.

On se marie par raison, par convenance, par intérêt, rarement par amour.

Et c'est, il faut le constater à regret une des causes qui concourent le plus à la décadence physique et morale de certaines classes.

Marier une jeune fille à un vieillard, c'est un sacrifice cruel, un jeune homme à une vieille femme, c'est une honteuse monstruosité.

Dans les mariages où l'intérêt est en jeu, il y a toujours de part ou d'autre une sorte de prostitution que la loi ne flétrit pas, que le monde ne condamne point, mais que la conscience humaine réprouve.

Le goût du luxe, qui s'infiltre de plus en plus dans les mœurs, corrompt le cœur et atrophie le sens moral de la jeune fille.

Pour des bijoux, pour des cachemires, pour un titre, pour un nom, elle se donne sans amour, sans désir autre que celui de briller; elle prépare une génération affaiblie, car l'enfant né d'une union purement charnelle se ressent du défaut radical de sa conception.

Puis, l'esprit de famille s'en va mourant.

L'homme qu'un sentiment affectueux ne retient pas, ne voit dans sa femme qu'une associée; il la délaisse volontiers, la laissant vivre à peu près à sa guise, pourvu que de son côté il ait toute liberté d'action.

De là, les troubles, les hontes et les misères morales.

D'autres fois, la soif des satisfactions que donne la richesse, la lassitude d'esprit, poussent un jeune homme à une de ces unions, où il n'apporte rien autre chose que son nom.

En présence d'une femme à laquelle il doit tout, celui-là se sent petit, humble, avili.

Les plus simples écarts lui seront reprochés comme des folies; il n'aura ni la tranquillité de la possession ni la satisfaction de la conscience, il regrettera ses heures de gêne et de liberté; il maudira la chaine dorée qu'il a prise, et si intelligent qu'il soit et si bien né (car il faut bien croire que c'est pour son intelligence ou

pour sa naissance qu'on l'a choisi, lui, pauvre),
il sentira s'affaiblir ses facultés et s'évanouir le
respect de lui-même.

Union du débauché riche qui veut *faire une
fin;* de la fille sans dot qu'on jette en proie aux
caprices d'un vieillard bien renté; du calcula-
teur qui cherche, financièrement parlant, sa
moitié et fait du mariage une commandite; de
l'égoïsme qui s'accouple à un autre égoïsme;
de l'homme qui épouse la honte et vend son
nom à prix d'or, perdant son honneur pour sau-
ver l'honneur d'autrui; alliance d'un sac d'é-
cus et d'un titre, tout cela se rencontre dans
le monde et tout y porte un cachet indélébile,
malgré le soin que mettent à cacher leur plaie
les victimes de ces transactions impudentes.

Le mariage d'amour, le mariage d'inclina-
tion, comme on l'appelle vulgairement, est une
perle rare au milieu de ce fumier.

Il constitue cependant la seule garantie du
bonheur.

Il est sain et bon, réparateur et rémunéra-
teur; il a des primeurs charmantes et des fruit
délicieux. Parfois la lutte contre la nécessité
lui donne un caractère plus élevé encore.

Ceux qui le comprennent, le pratiquent et le
défendent sont vraiment les apôtres du progrès.

De ces mariages, où tout concourt au but
humain et divin, découle une génération fran-
che et vigoureuse, bon grain mêlé à l'ivraie du
siècle.

C'est cet idéal du mariage d'amour, de la rénovation de l'homme et de la femme par la

ASIE

Les époux chinois.

tendresse qui a inspiré à Michelet les belles
pages qu'on va lire.

En quelques phrases il ouvre sous nos yeux
une perspective ravissante, et il s'échappe de
ce tableau un parfum d'honnêteté, de bien-être
et de joie qui ranime le cœur et l'encourage au
bien.

«Heureux, s'écrie le poëte, heureux qui dé-
livre une femme, qui l'affranchit de la fatalité
physique où la tient la nature, de la faiblesse
où elle est dans l'isolement, de tant de misères,
d'obstacles! Heureux qui l'initie, l'élève, la
fortifie et la fait la sienne! Ce n'est pas elle
seulement qu'il a délivrée, c'est lui-même.

«Dans cette délivrance commune, l'homme a
l'initiative sans nul doute. Il est plus fort, il
est mieux portant (n'ayant pas surtout la grande
maladie, la maternité), il a une forte éducation,
il est favorisé des lois, il a les meilleurs métiers
et gagne davantage, il a la locomotion; s'il est
mal, il vogue ailleurs. La pauvre Andromède,
hélas! doit mourir sur son rocher, si elle était
assez adroite pour s'en délivrer, le quitter, nous
dirions «c'est une coureuse.»

«Mais une fois délivrée par toi, cher Persée,
de combien de servitudes elle va te délivrer.
Faisons-en l'énumération.

«La servitude de bassesses. Si tu as le bonheur au foyer, tu ne t'en iras pas le soir cher-
cher l'amour sous les quinquets fumeux d'un
bal et l'ivresse au ruisseau.

«La servitude de faiblesse. Tu ne traîneras
pas, comme ton triste camarade, ce jeune
vieillard, gras, pâle, fini, qui fait rire les fem-

mes. L'amour vrai te gardera et concentrera ta force.

« La servitude de tristesse. Celui qui est fort et fait les œuvres de l'homme, celui qui partant au travail laisse au foyer une âme aimée qui l'aime et ne pense qu'à lui, par cela seul a le cœur gai et il est joyeux tout le jour.

« La servitude d'argent. Retiens de moi cette recette très-exacte d'arithmétique : deux personnes dépensent moins qu'une.

« Je vois force célibataires qui restent tels par l'effroi des dépenses du mariage, mais dépensent infiniment plus ; ils vivent très-chèrement au café et chez les restaurateurs, très-chèrement au spectacle. Le cigare de la Havane fumé tout le jour, est à lui seul une dépense.

« Pourquoi fumer ? « Pour oublier, » disent-ils. Mais rien n'est plus funeste. Il ne faut jamais oublier. Malheur à qui oublie les maux ! Il ne cherche pas les remèdes. L'homme, le citoyen qui oublie se perd, lui et son pays. Grand avantage d'avoir au foyer une personne sûre, aimante, à qui vous pouvez tout dire, avec qui vous pouvez souffrir : elle vous empêchera d'oublier, de rêver : il faut souffrir, aimer, penser. C'est là la vraie vie de l'homme.

« On se dit célibataire. Mais qui l'est ? J'ai cherché : je n'ai pas rencontré cet être mythologique. J'ai vu tout le monde marié, par mariages temporaires, il est vrai, secrets, honteux, tel pour trois mois, tel pour huit jours, et tel pour une minute. Ces mariages d'un moment, qui sont la misère de la femme, n'en sont pas moins très-chers pour l'homme. La baleine mange beaucoup moins que la dame aux camélias.

«Si la femme n'a point d'amies, dont la concurrence la trouble et la jette dans la toilette, elle ne dépense rien. Elle réduit toutes vos dépenses de façon que le calcul donné plus haut n'était pas juste. Il ne faut pas dire «deux personnes,» mais «quatre dépensent moins qu'une.» Elle nourrit de plus deux enfants.

«Quand le mariage est raisonnable, prévoyant, quand la famille ne croît pas trop rapidement, la femme, loin d'être un obstacle à la liberté de mouvement, en est, au contraire, la condition naturelle et essentielle. Pourquoi l'Anglais émigre-t-il si aisément et si utilement pour l'Angleterre même? Parce que sa femme le suit. Sous les climats dévorants (comme l'Inde), la femme anglaise, on peut le dire, a semé toute la terre de solides colonies anglaises. C'est la force de la famille qui, chez eux, a créé la force et la grandeur de la patrie.

«Une bonne femme, un bon métier : si tu as cela jeune homme, tu es libre; je veux dire, tu peux partir ou rester.

«Si tu pars, au moins pour un temps (car je ne puis pas supposer que l'on quitte pour toujours la France), ayant un monde d'amour et de liberté avec toi, tu te sentiras bien fort. Tu viseras d'où vient le vent et tu diras : la terre n'appartient.

«Si tu restes libre (par l'amour) des vices et des dépenses vaines, pouvant rire de tant de pauvres millionnaires inquiets, tu mépriseras

cette foule prosternée devant le sort. Tu diras:
qu'ils usent leur vie à courir après un trésor:
j'aime et j'ai trouvé le mien.

CHAPITRE IV

Les indépendants.

«On se dit célibataire; mais qui l'est?»
Dans la citation que nous venons de faire, ces
mots nous ont frappé au passage, parce qu'ils
contiennent en germe une grosse question.

Bon nombre d'individus, dans le monde, se
proclament indépendants, parce qu'ils ont toujours repoussé le mariage avec un sourire de
dédain.

Le mariage est leur bête noire, la cible
contre laquelle ils décochent incessamment
leurs plaisanteries et leurs épigrammes, le
thème sur lequel ils basent leurs plus spirituelles
fantaisies.

Eux sont célibataires, c'est-à-dire libres. Ils
ne doivent compte de leur volonté à personne;
ils vont, ils viennent, ils rentrent, ils sortent
sans contrôle aucun.

C'est là en effet de l'indépendance.

Mais faut-il toujours se fier aux déclarations
de ces fortunés mortels?

N'y a-t-il pas sous cette apparente jouissance

de toutes les fantaisies une chaîne cachée, une chaîne plus lourde à porter que celle du mariage?

Nous ne parlons pas ici, bien entendu, du célibataire trop jeune, ni de l'homme que son caractère, ses goûts, son tempérament ou ses occupations ont éloigné du mariage, pour lequel il ne professe théoriquement, d'ailleurs, aucune répugnance; nous parlons de l'homme mondain, du vieux garçon, du viveur sur le retour, qui a dépensé sa jeunesse et sa force sans songer qu'il vient une heure où on éprouve le besoin de se faire une famille et de ne pas mourir seul comme un paria.

Celui-là est un railleur impitoyable.

C'est lui qui répond lorsqu'on lui demande s'il est marié :

— Je n'ai pas cette infirmité.

C'est lui qui colporte le récit des mésaventures conjugales; c'est lui encore qui s'épuise à démontrer la justesse de cet aphorisme, devenu classique parmi ses pareils : le mariage est l'éteignoir de l'intelligence.

Il est bon de voir à l'œuvre un de ces indépendants.

Nous avons connu deux hommes dont l'un nous servira à produire l'exemple que nous cherchons.

Ils avaient été condisciples et étaient à peu près du même âge.

L'un se nommait Léon B..... : c'était le vieux garçon, l'indépendant; l'autre, Charles D.....

En quittant le lycée, ils se perdirent de vue pendant une dizaine d'années.

Ils avaient trente ans l'un et l'autre lorsque
le hasard les fit se rencontrer, un soir, au
théâtre.

La connaissance renouée :

— Que fais-tu, demanda Léon à son vieil ami,
qu'es-tu devenu depuis dix ans?

— Je suis médecin ; j'habite la province. Et
toi?

— Moi, je ne fais rien, ayant fortement hé-
rité.

— Mes compliments, mon cher.

— Ah çà, reprit Léon, puisque te voici, je ne
te lâche plus; tu vas prendre gîte chez moi.

— Impossible; je pars demain.

— Sitôt. Tu as donc terminé tes affaires?

— Toutes.

— En ce cas, après les affaires, le plaisir.
Donne-moi deux ou trois jours; nous nous
amuserons; tu verras!

— Je regrette de refuser; mais si quelques
affaires m'ont fait venir à Paris, il en est une
plus urgente encore qui me rappelle chez
moi.

— Et, sans indiscrétion, peut-on te demander?...

— Oh! parfaitement, Je vais me marier.

— Te marier! s'écria l'indépendant, ah! mon
pauvre ami, que je te plains.

— Pourquoi?

— Tu ne sais pas ce que c'est que le mariage.

— Je m'en doute du moins.

— Alors, si tu t'en doutes, tu dois comprendre qu'une fois marié, la liberté est perdue, le

talent étouffé, la volonté immolée : que sais-je encore ?

Charles se mit à rire.

— Cela dépend, répondit-il.

— Comment cela dépend ?

— Oui, cela dépend de la manière dont on comprend le mariage. Quand on aime sa femme, —et je suis dans ce cas,—quand elle vous aime, c'est facile de faire d'une association qui te semble si ennuyeuse à supporter, le tête-à-tête le plus agréable du monde.

— Et être libre ?

— Sans doute !

— Je n'en crois rien.

— Tu as donc bien étudié la question ?

— Un peu. D'abord, je mets en avant la liberté dont je jouis, moi, garçon, et je me demande ce qui pourrait la sauvegarder dans le mariage.

— Veux-tu que je te pose un principe qui va t'étonner, Léon ?

— Dis.

— Eh bien, toi, garçon, je te parie que tu es moins libre que je ne le serai, moi, marié.

— Quelle plaisanterie !

— Tiens-tu le pari ?

— Je le tiens. A quand les preuves ?

— A mon prochain voyage à Paris.

— Soit !

Les deux amis se séparèrent, et il se passa encore cinq années sans que Léon, tout entier aux douceurs de sa nouvelle position, pût songer au pari qu'il avait fait.

Une nouvelle exigence l'ayant enfin ramené
à Paris, il courut chez son ami.

— Ce n'est pas trop tôt lui dit ironiquement
Léon. Tu as mis cinq ans pour réfléchir à l'im-
prudence de tes propositions et tu viens faire
amende honorable.

— Pas du tout ; je viens prendre les choses
où nous les avons laissées et, fort d'une expérience personnelle, te démontrer les avantages
de ma situation.

— Tu ne te repens donc pas d'être marié ?

— Au contraire.

— Étrange phénomène! Ainsi tu te trouves
heureux ?

— Très-heureux.

— Il faut pour cela sans doute, mon pauvre
garçon; que tu fasses preuve d'une bien grande
abnégation?

— En aucune sorte.

— Alors tu as des goûts cénobitiques.

— Non. A part la fidélité que je professe à
l'égard de ma femme, j'ai gardé à peu près
toutes les franchises de la vie de garçon. C'est-
à-dire que je m'absente quand il me plaît, que
je reviens aux heures qui me conviennent, que
je dîne en ville quand l'envie m'en prend, que
j'ai, en un mot, tous les droits possibles, hor-
mis celui de ne pas aimer ma femme, réserve
bien légitime, n'est-ce pas?

— Assurément.

— Ceci posé, je vais m'occuper de te prou-
ver que tu serais incapable d'établir un semblable bilan.

— J'attends avec impatience.

— Ce ne sera pas long. Le temps seulement de rester huit jours auprès de toi, de t'observer.

Le lendemain Charles, qui était absent depuis le matin, rentra chez son ami et lui proposa de passer avec lui une soirée aux Italiens.

— Impossible, répond le viveur.

— Pourquoi ?

— Parce que, ce soir, je ne suis pas libre.

— Qui te retient ?

— Mademoiselle Nichette.

— Qu'est-ce que mademoiselle Nichette ?

— C'est une jeune personne charmante qui, pour le moment, s'est rangée sous mes lois.

— Tu veux dire qui t'a rangé sous ses lois.

— Comme tu voudras. Elle m'a écrit qu'elle viendrait ce soir me prendre pour aller aux Délassements.

— Bah ! télégraphie-lui une excuse.

— Une excuse à Nichette. Elle m'arracherait les yeux.

— Elle est donc intraitable ?

— Jalouse, mon cher, elle est jalouse. Voilà le mot.

— Dis que tu n'oses pas t'affranchir de ses caprices ?

— Je l'avoue.

— Voilà ta réputation d'indépendance compromise. Je marque un point.

— Un instant. Je puis rompre avec Nichette.

— Tu peux rompre, c'est vrai ; mais tu ne l'oses pas ; tu t'es donné une chaîne que tu crains de briser. Tu as une maîtresse qui te fait tourner à son gré comme un tonton, et ton amour-propre ne se révolte pas ; tu es esclave, et tu proclames ta liberté. Tu vois, mon cher, que, dès le premier jour, je te prends en flagrant délit d'inconséquence.

Léon se mordit les lèvres.

Il se sentait battu dans cette première escarmouche.

Pendant la semaine qui suivit, la même scène se renouvela vingt fois.

Vingt fois Charles ouvrit les yeux à son ami.

Et Nichette sembla prendre plaisir à lui donner raison.

Elle redoubla de caprices, d'exigences envers Léon. Il dut se rendre à l'évidence et confessa qu'entre la liberté du célibataire telle qu'il la pratiquait et l'assujettissement de l'homme marié, l'avantage restait sans contredit à ce dernier.

Toutefois, Léon ne se maria pas.

— Je conviens que tu as raison, dit-il à son ami ; mais je suis trop vieux pour me corriger.

La morale du dialogue que nous venons de rapporter peut se vérifier à chaque instant dans le monde.

Les indépendants de la race de Léon *** y sont nombreux. Les pauvres diables portent gaiement, il est vrai, la destinée qu'ils se sont faite. Victimes de ces créatures qui les charment et qui les dévorent, comme les sirènes antiques, ils arrivent à la vieillesse par un chemin où il y a plus de buissons que de fleurs.

Là les attend le châtiment.

Affaiblis par l'abus des plaisirs, désillusionnés d'eux-mêmes et des autres, ils s'éteignent dans l'isolement ou dans les bras de quelques petits neveux, qui ne les ont pas assez connus pour les aimer et qui ne se sont peut-être souvenus d'eux qu'en songeant à leurs titres d'héritiers.

Vie inutile; triste fin.

Le mariage, même avec toutes ses luttes, ne vaut-il pas mieux que cette destinée contraire au vœu de la nature et au progrès de la société?

CHAPITRE V

La vie conjugale.

«Ils seront deux dans une même chair.» Ce mot de la Genèse doit être la loi du ménage.

Quand l'amour s'est affirmé par le mariage, commence une œuvre nouvelle; l'œuvre d'accord et d'harmonie.

Deux êtres qui se sont choisis vont vivre côte à côte, dans une communion incessante, pendant un temps dont Dieu seul peut fixer la durée.

Il faut alors que les caractères se superposent l'un à l'autre, se fondent, se complètent; il faut que ces instruments aptes à produire des effets divers vibrent ensemble, sans qu'une fausse note résulte de cette combinaison de sons.

En termes plus simples, il faut que les sentiments du mari et ceux de la femme soient dans un équilibre parfait.

La femme, a dit le Code, doit obéissance à son mari; le mari doit protection à sa femme.

Ce principe légal semble impliquer, de la part de la femme, une certaine dépendance qui n'existe que de droit dans les unions bien comprises.

La femme, avec l'amour, inspire la déférence; elle n'est point dépendante du mari, c'est lui qui, retournant les termes du Code, se met volontiers sous la main de sa femme.

Il ne s'agit pas là d'une condescendance coupable ou d'une vaine faiblesse; l'homme ne se donne pas une maîtresse, mais une associée; il ne veut pas commander, il consulte; sa volonté lui reste, mais il est heureux de se soumettre au contrôle de celle qu'il a choisie.

De là une jouissance spéciale; l'idée de se savoir deux à travailler au même but, le sentiment d'un partage égal de peine et de plaisir.

Les unions qui créent entre les époux cette solidarité, qui les placent sur le même rang dans le combat de la vie, ces unions-là sont fortes et bénies; rien n'y reste indécis; aucun doute ne s'y glisse; il n'y est plus question d'obéissance et de protection; la dualité simultanément active combine et fond les deux principes.

Mais cette perfection dans ce qu'on pourrait appeler le mécanisme conjugal se rencontre rarement. Il faut étudier la question du ménage dans une sphère moins haute.

Le bonheur intime est fait de concessions réciproques.

« L'objet de l'amour, dit Michelet, la femme, est un être fort à part, bien plus différent de l'homme qu'il ne semble au premier coup d'œil, plus que différent, opposé, mais gracieusement opposé, dans un doux combat harmonique qui fait le charme du monde. »

C'est pourquoi l'homme lui doit toute sa sollicitude; il doit veiller sur elle comme sur un enfant, car pour mille choses la femme reste enfant bien longtemps; il doit subir patiemment le résultat de son caractère souvent changeant, et combattre ce caractère par une logique douce, le réduire et le ramener plus par le sourire que par la force.

Employer la force (nous parlons de la force morale) contre la femme, c'est s'en faire une ennemie.

Elle veut être persuadée ou réduite; elle ne veut pas être contrainte. Le jour où elle voit dans son mari un maître, ce jour-là la paix du ménage est compromise.

En revanche, si elle veut obtenir cette condescendance qui lui est douce, la femme doit comprendre le rôle que Dieu lui a donné dans le mariage.

Gardienne du foyer domestique, il faut

qu'elle le pare de sa grâce et de sa gaieté ; il
faut qu'elle habitue le mari aux charmes de la
vie de famille ; qu'elle lui rende son intérieur
désirable, et lui paye en témoignages de tendresse, en confiance amicale, sa délicatesse et
ses égards.

Double tâche, souvent lourde à remplir.

Si le cœur agissait seul, la chose irait, pour
ainsi dire, d'elle-même.

Mais l'esprit est entraînant, et l'esprit donne
asile à une foule d'hôtes turbulents et brouil-
lons : la vanité, la susceptibilité, le respect humain, la colère, la calomnie, et toute la tourbe
des passions et des travers.

Ce sont eux qui se mettent en guerre ouverte
contre le bon sens, qui égarent le jugement
et créent ces luttes d'où naissent des antipa-
thies parfois irréconciliables.

Imaginez deux forçats que les circonstances
ont faits ennemis et qu'on rive à la même
chaîne ; telle est la condition d'un mauvais ménage.

Il n'en est pas de pire.

Ce qui la crée, ce sont les unions difformes,
les marchés immoraux qu'on appelle les mariages d'intérêt.

Parfois aussi cette situation naît d'un amour
qui s'aigrit au contact de la jalousie.

Dans ce cas, le remède est plus facile.

Une simple explication le fournirait souvent,
mais, par un sot amour-propre, on repousse
cette explication, on aggrave le mal et on le
rend incurable

Dans d'autres circonstances, la désunion naît de la lassitude.

C'est le châtiment des amours mal mûris, des passions folles.

On est jeune, on se voit, on s'aime, ou plutôt on croit s'aimer.

—-Tendresse éternelle ,jure-t-on. Ce n'est qu'un caprice.

L'âge vient, les yeux s'ouvrent ; on a joui trop vite ; on a épuisé l'amour dans sa fleur ; ou plutôt on n'a pas aimé.

Désillusion, ennui, gêne mutuelle. De là à la haine il n'y a souvent qu'un pas, malheureusement facile à franchir.

Dans ces tristes occasions, une voie de salut s'offre aux malheureux ou aux mécontents : la séparation, déplorable dénouement d'une déplorable lutte.

Le divorce a été rayé de nos codes. On a créé à la place la séparation de corps, divorce relatif qui, en enchaînant la liberté des parties qu'elle éloigne l'une de l'autre, leur offre du moins une chance de retour.

Dans un grand nombre d'états, le divorce existe encore.

Nous ne voulons point discuter cette coutume, qui entraîne cependant avec elle des inconvénients sérieux ; il nous suffit de signaler la supériorité de la règle française qui, en consacrant 'indissolubilité du mariage civil et religieux, nous semble mieux d'accord avec la loi divine et morale.

En France, le nombre des séparations par voie judiciaire est relativement peu élevé.

Les statistiques spéciales sont assez curieuses à interroger sur ce sujet; malgré la sécheresse des chiffres, en outre de grands enseignements touchant les causes qui amènent devant les juges des époux qui, souvent, ont à peine fait l'expérience de la vie en commun.

Parmi ces causes, l'adultère est fréquemment invoqué.

Ici se place naturellement une question fort importante et fort contradictoirement jugée; nous voulons parler de l'obligation de fidélité mutuelle.

Certaine morale, un peu distendue, il faut bien l'avouer, admet volontiers que l'époux puisse aimer hors du ménage, licence qu'elle flétrirait énergiquement chez la femme.

Pourquoi ce rigorisme? Pourquoi cette tolérance?

Engagés par les mêmes promesses, les époux se doivent la même fidélité.

— Sans doute, avoue la morale spéciale dont nous venons de parler, sans doute le mari doit rester fidèle à sa femme; mais, si blâmable qu'il soit, lorsqu'il oublie ce devoir, il est relativement excusable car, en aimant ailleurs, il ne risque pas d'introduire dans sa maison des enfants étrangers, conséquence fréquente de l'adultère de la femme.

La faute de l'épouse peut avoir, en effet, ce terrible résultat; mais à nos yeux, comme à ceux de tous les moralistes, l'obligation qui lui est imposée ne doit pas faire naître, en faveur de l'homme, un privilége abusif.

L'adultère du mari a des inconvénients d'ailleurs fort graves ; il lui crée souvent une famille de hasard, en dehors de sa famille légale, s'il ne peut introduire d'enfants étrangers dans le ménage ; il peut en avoir hors du ménage et fonder ainsi des obligations préjudiciables à sa génération légitime.

Tous ces considérants doivent d'ailleurs être primés par une haute question de moralité.

Le sentiment du devoir doit être le seul mobile de la réserve que commande la vie conjugale.

Un mari qui trompe sa femme et une femme qui trompe son mari doivent être jugés avec une égale sévérité.

Manquer au premier principe du mariage, c'est repousser le mariage lui-même ; c'est revenir à la vie individuelle, qu'on a volontairement abdiquée, ou, si l'on aime mieux voir la chose sous une autre face (en ce qui concerne l'homme), c'est rétablir implicitement la polygamie.

Les peuples de l'Orient, suivant en cela la tradition des races primitives, ont consacré légalement le principe de la pluralité des femmes.

L'économie de notre société le repousse ; il a eu son but à l'origine des sociétés ; pour certaines nations modernes ce n'est plus aujourd'hui qu'un luxe ; pour d'autres ce n'est plus qu'une monstruosité.

CHAPITRE VI

Le premier enfant.

Après les joies de l'amour, les douleurs et les espérances de la maternité.

Dieu a béni l'union des jeunes époux.

Un enfant va naître, chaîne nouvelle destinée à unir plus étroitement encore deux existences consacrées l'une à l'autre.

Le temps de la grossesse est pour la femme un temps d'épreuves.

Elle souffre ; son caractère se modifie ; elle devient inapte à certaines fonctions pénibles ; elle a besoin de sentir à côté d'elle un soutien et un consolateur.

C'est alors que l'époux doit redoubler d'égards et de délicatesse pour la pauvre malade qui va lui faire goûter les saintes ivresses de la paternité.

Ici, les soins moraux doivent se combiner avec les soins matériels.

A la femme qui porte un enfant dans son sein, il ne faut faire entendre que de douces paroles. De son esprit ébranlé par les épreuves de son corps, il faut écarter tout ce qui pourrait créer un trouble ou une inquiétude ; il faut en combattre les tristesses, y entretenir une douce sérénité.

La jeune mère a pâli ; ses traits se sont étirés ;

sa démarche est pesante; de fréquentes vapeurs lui montent à la tête; — symptômes charmants et pénibles à la fois, qu'il faut atténuer par un exercice modéré, des distractions fréquentes, un sage emploi de la thérapeutique minérale.

La médecine est là prête à répondre aux questions inquiètes; elle guidera l'intéressante malade dans les soins qu'elle doit prendre d'elle-même.

Ce sont des conseils qu'il ne faut pas dédaigner. Une grossesse négligée, c'est souvent la perte de l'enfant, quelquefois celle de la mère.

. . . .

Le moment douloureux est venu; la femme est délivrée; elle est mère !

Mère ! ce mot est tout un poëme, un poëme de joie, mais aussi un poëme de souffrances et d'abnégations.

Si la jeune épouse en a la force, elle nourrira elle-même son enfant.

Le confier à des mains mercenaires c'est se créer un nouveau souci.

Sera-t-il bien soigné? aura-t-il une nourriture suffisante? Mille questions qui soulèvent un monde d'inquiétudes.

Que de choses il faut pour faire un homme ! Que de dangers le pauvre être a à traverser avant d'acquérir la simple chance de vivre.

Ce sont les premiers jours, début pénible où l'enfant faible et nu, sans voix, sans regard, ne tient au monde que par un fil; puis la dentition, puis les affections spéciales au bas âge, et le roid et le chaud, et toutes les petites causes qui

se liguent contre la créature et l'assaillent dès
le berceau.

Nous verrons bientôt l'enfant sortir de ses
langes, marcher, parler, comprendre et penser;
nous le suivrons dans les diverses phases de son
éducation, et nous étudierons brièvement les
principes à suivre pour faire de lui un être agis-
sant, vraiment digne du nom d'homme.

Préalablement il nous reste à examiner une
question dont se préoccupent tout d'abord les
parents, en vue de leur cher premier-né.

— À qui ressemble-t-il ?

Grave problème qui fait l'objet de bien des
causeries.

Ou bien :

— Sera-ce une fille? sera-ce un garçon?

Autre abîme qu'il faut franchir avant tout.

Ceci est du domaine de la physiologie, et
nous avons la bonne fortune de pouvoir offrir
aux lecteurs de ce petit livre quelques pages
très-intéressantes et surtout très-neuves sur
ce sujet.

Elles sont extraites d'un ouvrage de bota-
nique : *Traité de Phytogénie*, par M. Ch. Fermond, pharmacien en chef de la Salpêtrière.

En parlant de la génération des plantes, l'auteur, qui embrasse son sujet de la manière la
plus large, a été incidemment conduit à traiter
la question des ressemblances physiques chez
l'enfant.

Il a bien voulu nous communiquer ce travail,
qui ajoutera à notre œuvre l'attrait d'une étude
scientifique, présentée sous la forme la plus
élevée et en même temps la plus précise.

Après avoir établi, dans une suite de théories préliminaires, que *l'organe mâle forme le germe de l'embryon*, M. Ch. Fermond s'exprime ainsi :

« D'une manière générale, et toujours en nous tenant dans les deux extrêmes sus-mentionnés, on sait que les enfants mâles ressemblent plus à la mère qu'au père, et que les enfants femelles ressemblent plus au père. C'est un fait incontestable. Or, nous disons qu'il est dès lors facile, d'après ce principe, *de prédire presque exactement quel sera le sexe de l'enfant que la mère porte.* En effet, pour cela, il suffit de s'assurer de l'état de l'appétit de la mère pendant la grossesse, mais surtout pendant le temps où le sexe se prépare et se prononce dans le fœtus. L'observation prouve que c'est pendant le troisième mois que la préparation du sexe se fait, et dans le quatrième qu'il se prononce. Comme le produit mâle dans l'espèce humaine est relativement plus développé, et l'on pourrait dire dans un état de vitalité plus grand que le produit femelle, la mère doit fournir relativement plus d'éléments nutritifs dans le premier cas que dans le second, par conséquent les éléments fournis par la mère prédominent les éléments fournis par le père, et comme ces éléments de la mère sont essentiellement nutritifs, on voit qu'ils doivent particulièrement fournir les appareils de la nutrition, c'est-à-dire l'appareil digestif et le système circulatoire selon l'opinion de Rolando, Prévost et Dumas. Par conséquent, puisque la mère fournit relativement plus que le père dans les conditions de masculinité, il devra se former un produit ressem-

blant plus à la mère qu'au père. Au contraire,
si pendant la grossesse la mère n'a pas son appétit habituel, si surtout l'assimilation est faible,
particulièrement pendant le troisième et le quatrième mois, le produit femelle, dans l'espèce
humaine, étant relativement moins développé
et dans un état de vitalité moins grand, la mère
doit fournir relativement moins d'éléments nutritifs, par conséquent les éléments paternels
prédominent et le produit femelle doit ressembler davantage au père. Or, tous ces faits
sont parfaitement exacts, surtout au point de
vue du rapport de la nourriture et de la sexua-
lité, et nous le répétons, nous invitons toutes
les personnes, qui veulent suivre avec soin ces
phénomènes, à faire l'application de cette
théorie, et elles verront que presque toujours
elles prédiront à coup sûr le sexe de l'enfant à
venir.

«Toutefois, il est des circonstances où l'élément mâle est toujours prédominant et où par
conséquent la femelle, tout en fournissant les
éléments de nutrition, n'influe que peu ou point
sur la ressemblance. Citons plusieurs exemples
qui sont à l'appui de ce que nous venons d'a-
vancer.

«1° Cuvier a rapporté qu'un zèbre femelle
couvert par un âne de forte taille, tout noir, a
mis bas une mule femelle, zébrée d'abord comme
la mère, mais qui peu à peu avait pris *la plu-*
part des caractères de forme et de couleur du
père. Ainsi, tant que le jeune animal a été sous
l'influence plus ou moins prolongée des éléments nutritifs de la mère, il en a conservé

quelques-uns des caractères extérieurs; mais, sous l'influence de sa nutrition propre, les caractères paternels sont devenus prédominants, et la plupart des caractères de forme et de couleur propre au père ont remplacé ceux de la mère. Le père semble donc avoir essentiellement fourni le germe de l'embryon.

«2° L'observation suivante, due à Isid. Geoffroy Saint-Hilaire, va nous fournir une preuve nouvelle. Une chienne du mont Saint-Bernard est couverte par un chien de Terre-Neuve, à peu près de sa taille, puis par un chien de chasse plus petit. Le produit a été onze petits. Cinq de ces produits étaient le double plus grands que les autres et étaient semblables au Terre-Neuve, quoique tous mâles; tandis que les six autres, quoique femelles, étaient pareils au chien de chasse. Comme on le voit ici, il serait difficile de trouver dans les produits l'influence génésique de la femelle, autre que celle qui a fourni à l'embryon la nourriture propre au développement du germe. Par conséquent le germe a dû être uniquement formé et fourni par le père.

«3° Le croisement des chiens en général donne lieu à des observations analogues. Un chien Boule-Dogue que l'on unit à une chienne Terrier, donne des produits qui ont la forme du père; tandis qu'au contraire, si l'on allie un chien Terrier avec une chienne Boule-Dogue, les produits prennent la forme du Terrier. Le Dr L'héritier dit avoir vu le produit d'un croisement entre un chien Terrier et une chienne Levrier. Tous les chiens présentaient d'une façon remarquable la forme du père (1). Enfin on sait qu'une petite chienne qui a été couverte par un chien de forte taille périt souvent pendant la parturition, parce que le produit est en rapport de taille avec le père.

«4° Le croisement des chats nous a présenté des phénomènes très-analogues. Une chatte Angora, à pattes courtes et à museau court, unie à un chat ordinaire, à museau long, a donné trois petits ayant tous les pattes et le museau allongés du père. De ces trois chats, l'un tenait autant du père que de la mère pour la robe, et était femelle; le second, femelle aussi, avait plutôt le pelage du père, tandis que le troisième, qui était mâle, avait la robe de la mère et était Angora.

«5° Si l'on croise un bélier sans corne avec une brebis pourvue de cornes, on obtient des agneaux qui tous sont privés de cornes. Si l'on fait le contraire, tous les agneaux sont pourvus de cornes. Il a donc fallu que le mâle transmît le squelette qui nous paraît être essentiellement le résultat du développement du germe. Cette observation a permis aux éleveurs des comtés de Dorset, de Will et de Norfolk, qui possèdent un grand nombre de moutons à cornes, d'obtenir des individus sans cornes, en unissant des brebis avec le bélier Ryeland sans cornes. Dans le Devonshire on obtient à volonté des individus sans cornes en alliant le taureau sans cornes de Galloway avec la vache cornée,

(1) *Des lois de la ressemblance dans l'application au perfectionnement des races*, Paris, broch. in-8, p. 10.

et réciproquement, on obtient des produits cornés en croisant un taureau corné avec la vache sans corne de Galloway.

« 6º On sait que chez le cheval c'est l'étalon qui paraît généralement fournir la forme, et c'est ce qui résulte des observations faites par M. Knight sur des métis qu'il a élevés. D'ailleurs tout le monde connaît l'habitude où l'on est de choisir, au lieu de la femelle, le parent mâle dont, dans le produit, on recherche la forme et les autres qualités.

« 7e Chez les oiseaux on obtient encore des résultats sensiblement identiques à ceux que nous venons de faire connaître. Un chardonneret et une serine de Canarie donnent un mulet qui a toute la forme du squelette du mâle. Ainsi ce mulet a le bec du chardonneret; son cou est plus fin et ses jambes sont plus longues que chez la serine. Un bouvreuil et une serine ont donné quatre petits qui ne purent vivre. La largeur de leur bec et la couleur noirâtre de leur duvet démontraient qu'ils ressemblaient beaucoup plus à leur père qu'à leur mère. Selon Lhéritier, dans le produit du croisement entre le canard musqué et le canard domestique les caractères du père sont toujours plus saillants que ceux de la femelle; et Vieillot, auquel on doit un article complet sur les serins, dit positivement que si l'on pouvait accoupler le Serin mâle avec une femelle *chardonneret*, *linotte* ou autre, on aurait des mulets plus beaux, qui chanteraient mieux, parce que le mâle *race* plus que la femelle (1)

(1) *N. Dict. d'hist. nat. ap. aux arts,* 1863, t. XX, p. 390.

«8° Il y a déjà longtemps qu'en Angleterre on élève, dans des cages tenues sous l'eau, des mulets produits par la truite et le saumon. Les expériences qu'a faites M. Antoni Carlisle prouvent que les produits résultant de la fécondation des œufs de saumon par la truite mâle ont la forme et le volume du père.

Autre part, le même auteur dit encore :

« Les observations et les résultats si nets que nous avons constatés dans les expériences déjà nombreuses que nous venons de rapporter, n'ont pas seulement pour objet de démontrer la création probable du germe par l'organe mâle, et l'influence des éléments nutritifs fournis par l'organe femelle dans le développement de l'embryon, mais ils peuvent encore expliquer rationnellement un autre phénomène qui jusqu'à ce jour est à peu près resté dans l'ombre au milieu des questions que l'on a essayé d'élucider et qui se rattachent à la fécondation, probablement parce qu'il a paru se rattacher à des causes encore plus obscures que la fécondation : nous voulons parler de l'*atavisme*. Ce phénomène a été ainsi nommé par MM. Duchesne et Sageret, parce que les individus animaux, non-seulement ressemblent à l'un ou l'autre de leurs parents, mais encore à leurs aïeux, alors même que les individus intermédiaires n'accusent aucune ressemblance. On sait, en effet, que dans l'espèce humaine on voit fréquemment des enfants ressembler à l'un de leurs grands-parents, ou même à l'un de leurs bisaïeuls ou bisaïeules. et le même fait s'est présenté dans ceux des animaux dont on a eu intérêt à suivre la filiation. Or, ce que nous avons dit de l'influence prépondérante de la nutrition sur le germe ou du germe sur la nutrition, va, ce nous semble, donner la clé du phénomène de l'*atavisme* et du *principe des ressemblances*.

« 1º Pour plus de clarté dans l'exposition de ce principe, admettons les phénomènes les plus nets de ressemblance des enfants et choisis dans les extrêmes, c'est-à-dire dans le cas où la mère nourrit relativement beaucoup l'embryon, et dans celui où elle nourrit relativement très-peu. Nous avons dit que, dans la première hypothèse, le germe étant abondamment nourri et empruntant beaucoup à la mère, arrivait le plus souvent à être du sexe masculin, et que le fils ressemblait à la mère; au contraire, le germe n'empruntant à la mère, relativement, que peu des éléments nutritifs, l'enfant était du sexe féminin, et le germe, étant prédominant, devait ressembler davantage au père. C'est un fait incontestable, examiné dans les cas extrêmes où nous nous plaçons.

« 2º Faisons sur les produits le même raisonnement, et appelons P, le premier père; M, la première mère, et P', P'', etc., M',M'', etc., les descendants de P. et de M. Nous venons de dire, d'après l'influence de la nutrition, que P'=M et M'=P (1). Donc, par la même influence, à la seconde génération P''=P ou M'', et M''=M ou P'. En d'autres termes, le fils res-

(1) = Signifie *ressemble à.*

semblant à la mère, son enfant femelle ressemblera à son père, et par conséquent à sa grand'mère paternelle, et la fille, ressemblant au père, son enfant mâle ressemblera à sa mère, et par conséquent à son grand-père maternel. Voilà le principe exposé dans sa plus grande simplicité, et dégagé de toutes les modifications qui pourraient résulter d'une sorte de partage égal entre les influences des germes et de la nutrition, partage d'influences qui font que, assez souvent, le contraire paraît exister, c'est-à-dire que la fille peut ressembler à la mère. Mais ces exemples sont beaucoup moins fréquents, au moins dans les familles où nous avons pu les observer, que les premiers exemples que nous avons cités comme base du principe des ressemblances. Malheureusement, ces observations n'ont pu encore être assez multipliées, au point de vue scientifique, pour que les conséquences du principe des ressemblances puissent être admises comme une vérité acquise à la science; mais, dans l'état d'obscurité où se trouve cette importante question, nous avons cru devoir poser ce premier jalon, afin d'indiquer une voie nouvelle à suivre dans les expériences ou les observations qui pourraient être faites désormais sur ce sujet intéressant. »

CHAPITRE VII

Comment on devient un homme.

Bien des causes concourent à la formation du caractère de l'enfant.

Outre ses prédispositions naturelles qui l'entraînent, outre son tempérament qui l'influence, il a encore à compter avec les exemples qui l'entourent.

On retrouve souvent dans le caractère de l'enfant un peu du caractère du père ou de la mère, quelquefois une combinaison de l'un et de l'autre.

Mais ceci n'est pas une loi à formuler. Rien de plus changeant que l'âme humaine. Un enfant présente souvent à l'étude du physiologiste des particularités qu'on chercherait en vain chez ses ascendants et qu'on ne verra pas se reproduire chez ses enfants.

Au point de vue moral surtout, l'homme est *lui*.

Et la combinaison des divers éléments qui composent un caractère est si multiple qu'on ferait le tour du monde avant de rencontrer deux individualités morales parfaitement identiques.

Les proverbes, qu'on a appelés, un peu ironiquement peut-être, la sagesse des nations, offrent un certain nombre de contradictions assez curieuses touchant ce point délicat.

Pour ne citer que les plus connus, remarquons que si l'on dit : *Bon sang ne peut mentir; Bon chien chasse de race*, on dit aussi : *A père avare fils prodigue*.

On ne peut donc rien préjuger, *à priori*, du caractère définitif d'un enfant.

Ce caractère, il faut le lui faire, pour ainsi dire.

Quand il commence à comprendre, l'enfant est comme un miroir qui réflète et garde toutes les images, comme une cire molle qui se façonne à tous les contacts.

C'est le devoir du père et de la mère de veiller à ce que leur premier-né ne soit pas soumis à des influences malsaines.

Les anciens avaient là-dessus des idées plus sévères que nous. Ils croyaient, avec raison, que les habitudes, les mœurs, le langage de la nourrice, des premiers amis, des premiers maîtres, étaient pour beaucoup dans l'avenir de l'enfant.

Maintenant on dit volontiers : «Quand il aura l'âge nous verrons à le corriger.

Erreur grossière. L'enfant ne doit pas avoir besoin d'être corrigé.

Il doit entrer tout doucement dans le bien, s'habituer à y vivre comme dans son élément naturel et ne pas y être introduit brusquement.

Une habitude est plus facile à faire qu'une conversion.

Quand le petit être a atteint l'âge de deux

ans, son esprit est déjà ouvert et capable d'un raisonnement relatif; c'est là qu'il faut le prendre pour lui donner les premières notions qui seront plus tard la sauve-garde de son esprit.

De deux à sept ans, par une morale familière et douce, sans répression brutale, on l'amène au sentiment du devoir; on a songé déjà d'ailleurs à éclairer ce jeune cerveau; il a fait le premier apprentissage de la lecture et s'est étudié à former les premiers caractères du langage écrit.

Souvent il donne les preuves d'une précoce intelligence; il montre des aptitudes singulières pour la musique, pour le dessin, pour les mathématiques, etc.

En ce cas, les parents s'extasient; dans l'enfance, à l'aurore de la vie, ils rêvent déjà le grand homme et ils s'empressent de le pousser activement dans une voie que la nature semble prendre plaisir à lui tracer.

Il faut se défier de ces entraînements. Les petits prodiges sont en **contradiction** avec les lois du progrès humain.

Un enfant doit avant tout être un enfant; dès qu'il se montre homme avant l'âge, c'est qu'il use, en germe, les facultés dont il aurait besoin de jouir plus tard dans toute leur plénitude.

L'esprit est un sentiment délica qui ne veut pas être fatigué.

Aussi n'est-il pas rare de voir ces jeunes merveilles qui, pendant la première période de leur existence, ont fait l'admiration de la famille, avorter à l'heure où les autres produisent et se résoudre en nullités.

Il ne s'agit pas ici d'une apologie de la médiocrité; qu'on ne s'y trompe pas.

Nous voulons dire simplement que l'intelligence doit se développer par degrés et les aptitudes s'exercer avec une certaine réserve.

Comme toutes les forces vives, l'esprit s'amoindrit en se dépensant d'une manière abusive.

C'est par un exercice raisonné qu'il parvient seulement à son épanouissement complet et à la sûre jouissance de lui-même.

L'enfant sera donc dirigé méthodiquement à travers les séries d'études qu'il doit faire; c'est plus tard, lorsqu'il aura acquis la fermeté indispensable à la conservation de son esprit, qu'il pourra prendre sans danger l'essor dont il se sent capable.

De tous les sacrifices que les parents s'imposent pour le bien de leur enfant, il n'en est pas de plus fécond que celui qui a pour but de leur procurer une instruction solide.

Trop de gens se bornent à rêver pour leur fils la parfaite connaissance de la langue nationale, jointe aux notions usuelles d'histoire, de géographie et de mathématiques.

C'est quelque chose sans doute; mais ce n'est pas assez.

Quoi qu'on ait pu dire contre l'éducation universitaire, l'étude des langues mortes, il faut bien le reconnaître, est la véritable base des études scolaires.

Notre français, langue difficile à manier, ne

livre pas facilement ses secrets; pour la bien connaître, il faut remonter aux sources d'où elle procède : le latin et le grec.

Avec ces deux idiomes, on a la clé des finesses du langage; on s'explique la propriété du terme; on analyse la tournure; on raisonne la phrase.

Sans elle, la connaissance du français est irréfléchie et pour ainsi dire mécanique. Notre siècle essentiellement pratique condamne l'étude du latin; on n'a pas besoin de latin pour traiter une affaire commerciale; on n'en a pas besoin pour prendre une ville. Sans doute, mais tout ce qui donne à l'esprit une clarté plus vive, tout ce qui lui ouvre de plus vastes horizons, tout ce qui l'initie et tout ce qui l'élève, doit être pris en respect et recherché comme un des éléments de progrès général.

C'est pourquoi nous conseillons les études complètes.

Laisser à ses enfants une instruction profonde et forte, c'est leur laisser mieux que la fortune.

Qu'ils aient, avec cela, l'initiative, la volonté, la persévérance, ils auront un jour ou l'autre le succès.

Après l'adolescence, quand les études académiques sont terminées, l'homme s'affirme. Il s'agit alors de tracer sa voie; de faire son trou dans la foule.

Le choix d'une carrière, voilà le problème difficile pour ceux qui n'ont pas de vocation précise.

—Prêtre, soldat, ingénieur, artiste, écrivain, voilà ce que je veux être, disent quelques enfants, dont les goûts se manifestent de bonne heure.

Les autres, qui n'ont point encore songé à leur rôle possible dans la vie, hésitent et doutent.

Ce sont ceux-là qu'il faut guider. Il faut interroger leur force physique et morale, scruter le fond de leur caractère, inventorier leurs connaissances, faire l'histoire de leurs désirs passés et les diriger ensuite vers le point qui semble les appeler de préférence.

Quelquefois on s'égare; lutte nouvelle, lutte désavantageuse, pendant laquelle le temps s'écoule, et dont on se retire quelquefois trop vieux pour recommencer utilement autre chose.

Les inconstants, les indécis, les traînards perdent dans ces passages multipliés d'une position à une autre le fruit de la bonne éducation qu'on leur a donnée.

Et plus tard, ils voient bien loin en avant d'eux ceux qu'ils ont laissés enfants sur les bancs de l'école; on les a dépassés; ils sont humiliés; la honte s'empare d'eux, et avec la honte le découragement.

« *Times is money.* » Le temps c'est de l'argent, disent les Américains. — Voilà la leçon qu'il faut apprendre aux enfants; voilà le mot qu'il faut écrire au seuil de toutes les carrières.

CHAPITRE VIII

La jeune fille.

Dans le chapitre précédent, nous avons parlé surtout au point de vue de l'éducation du garçon ; la jeune fille a droit à une observation pareille.

Pour elle, les soins de l'enfance sont les mêmes ; mais son éducation scolaire et morale se modifie sensiblement.

Les études de la femme doivent être simples ; l'histoire, la géographie, un peu de science, c'est à peu près tout ce qu'il lui faut.

Il n'est pas nécessaire, — nous parlons toujours au point de vue de l'amour conjugal, — il n'est pas nécessaire que la femme soit une *doctoress* ; les taches d'encre vont mal à de jolis doigts et les grands mots jurent sur une lèvre rose.

Que la femme ne soit donc ni ignorante, ni pédante ; qu'elle en sache assez pour causer agréablement et comprendre vite ; qu'elle ne descende point dans les discussions où son intervention peut être pour l'homme un sujet d'étonnement.

Le charme de la femme est ailleurs que dans le philosophisme, et cela est si vrai que, dès qu'une femme, quel que soit d'ailleurs son mérite, passe du gynécée à l'Académie ; dès qu'elle prétend aux triomphes littéraires ou scientifiques, on s'habitue à ne plus la considérer comme une femme. Ses tendances la jettent violemment hors de son sexe; et ce qu'elle gagne en notoriété, en admiration, en stupéfaction peut-être, elle le perd en influence.

Les femmes qui savent trop ou qui veulent trop montrer ce qu'elles savent sont ordinairement peu aptes au ménage. L'élévation de leur pensée leur montre comme indignes d'elles les soins mesquins de l'intérieur; elles prennent le mariage en horreur et proclament l'indépendance du sexe faible.

C'est dans cette tribu redoutable aux maris que se recrutent les *bas-bleus*, les femmes orateurs, les conférencières et les blooméristes, qui veulent prendre de l'homme jusqu'au costume.

Engeance désagréable au public, désagréable à elle-même et aux autres; sotte, prétentieuse et vaniteuse, dont fort heureusement le domaine est encore assez restreint.

Quand la jeune fille s'épanouit, il faut donc veiller avec soin sur son appétit intellectuel.

Son éducation doit être pratique. Dès qu'elle comprend, il faut l'habituer à la maternité, au rôle doux et austère de l'épouse.

C'est la poupée, puérile distraction, qui commence cette éducation.

La poupée est l'enfant de la petite fille. Elle la soigne; elle la gronde, elle l'embrasse, prend soin de ses habits, de son coucher, de sa nourriture ; fiction charmante qui deviendra une réalité quand la fillette deviendra une femme, quand la poupée deviendra un baby.

Le choix d'une pension vient ensuite.

Il faut fuir ces maisons d'éducation où, sous prétexte de faire des élèves *distinguées,* on fait des orgueilleuses et des vaniteuses.

Ce qu'il faut apprendre à la femme, c'est la simplicité et la modestie.

Ces deux vertus acquises, le reste vient tout seul.

Les principes qu'on jette de notre temps dans l'esprit des filles riches sont singulièrement pernicieux.

On leur apprend le luxe, les exigences inexorables, la dissipation et l'éclat. Ces femmes, ainsi stylées, sont d'une société difficile.

Pour bien se marier, il faut presque faire un mariage pauvre, et encore faut-il avoir soin de choisir une compagne qui n'ait point subi le frottement du luxe, et qui puisse regarder sans jalousie l'étalage extravagant de la toilette de ses voisines.

Michelet, qu'il faudrait lire tout entier pour entrer profondément dans cette question du bonheur par l'amour et par le mariage, traite ce point délicat dans les passages qu'on va lire et qui seront les derniers que notre cadre nous permette de citer.

Lui aussi, il aime les mariages pauvres ; il les exalte dans cette belle langue que nous connaissons et dont la forme élevée nous ravit.

Jugez-en.

«Pour commencer par le point qui touche le plus aujourd'hui, la fortune, je dois dire que

je n'ai jamais vu une fille riche qui fût docile.
Presque toutes, dès le lendemain, dévoilaient
des prétentions infinies, surtout celle de dé-
penser selon leur dot et au delà. Tel qui se
croyait enrichi s'est trouvé réellement pauvre,
obligé de se jeter dans les hasards de la spé-
culation. J'ai osé, il y a deux ans, formuler cet
axiome, vérifié de plus en plus : « Si vous voulez vous ruiner, épousez une femme riche. »

« Il y a là un danger plus grand que de perdre
sa fortune, c'est de se perdre soi-même, de
changer les habitudes qui vous ont fait ce que
vous êtes, qui vous ont donné ce que vous
avez de fort et d'original. Avec ce qu'on appelle un bon mariage, vous deviendrez quelque
chose comme l'appendice d'une femme, une
manière de prince-époux, ou de mari de la reine.

« Une belle et très-belle veuve, tout aimable
et de bon cœur, disait à quelqu'un : « Monsieur,
j'ai cinquante mille livres de rente, des habitudes paisibles, point mondaines. Je vous aime
et je ferai ce que vous voudrez... Vous êtes
mon ancien ami, me connaissez-vous un défaut ? — Un seul, madame ; vous êtes riche. »

« Quoi ! la richesse est-elle un crime ? »

« Non. Tout ce qu'on veut dire ici, c'est que
la femme qui arrive au mariage plus riche que
le mari est rarement initiable ; elle ne prendra
pas ses idées, sa manière de vivre et ses habitudes ; elle imposera les siennes ; de l'homme
elle fera sa femme, ou la dispute commencera.
L'insensible et doux mélange des deux vies ne
se fera pas ; la greffe par approche sera impossible ; il n'y aura pas de mariage.

EUROPE

Fiancés espagnols.

«Plus pauvre, au contraire, la femme est riche de bonne volonté; elle aime, croit (grande chose!...) Est-ce tout? Non; il en faudrait une troisième qu'elle ne peut pas donner toujours : comprendre celui qu'elle aime.

«Quand il y a trop de distance de condition, d'éducation, quand il y a plusieurs degrés à franchir, la difficulté est très-grande; il y faut beaucoup de temps, beaucoup d'art, une patience que n'a pas toujours un homme occupé. On voit parfois, on admire une jeune fille de campagne heureusement née, fleur de beauté et de bonté, de sagesse, infiniment pure, aimante, douce et docile. Adoptez-la, épousez-la, vous êtes tristement surpris en voyant les obstacles que vous rencontrez pour vous entendre avec elle. Elle y fait bien ce qu'elle peut; elle écoute et veut profiter; elle se remet toute à vous. Et cela ne sert à rien. Elle n'a pas l'attention forte. Elle est trop sanguine aussi; les races de campagne, transplantées hors des travaux rudes, sont tout offusquées par le sang. Elle ne sent que trop tout cela; elle pleure, s'en veut «d'être si sotte.» Elle ne l'est pas du tout; elle est même très-intelligente dans les choses de sa sphère et à sa portée. La faute n'est pas à elle, mais à vous, qui avez cru qu'on peut franchir aisément plusieurs degrés d'initiation.

«Cette jeune fille de campagne pouvait, devait épouser un ouvrier distingué de la ville. Et la fille qui serait survenue de ce mariage, déjà affinée de race, et cultivée de bonne heure, eût épousé un lettré; elle l'eut suivi, compris en tout sans difficulté ; il y eût eu un mariage d'esprit.

« En sera-t-il ainsi toujours ? Non, j'espère bien le contraire. Les classes, ainsi que les races, vont peu à peu se fondant. Toutes les anciennes barrières tomberont devant le tout-puissant médiateur, maître en égalité : l'Amour. »

« Ménagère ou courtisane, » a dit d'autre part Proudhon.

Certes, nous ne voulons pas renfermer la femme dans la Gynécée ; nous ne voulons pas l'enchaîner au foyer domestique ; mais nous voulons qu'elle soit humble et douce ; qu'elle se mêle aux victoires et aux défaites de notre vie ; qu'elle ne jette pas sur le monde un regard de convoitise ; qu'elle s'y mêle sans s'y égarer.

La part est assez large pour qu'on ne nous accuse pas de vouloir rabaisser au rôle de servante ou d'esclave celle dont nous avons proclamé la liberté.

Mais, si elle se dérobe à nous, si elle veut faire de cette liberté licence, si le joug conjugal lui semble trop lourd, et si elle veut créer l'individualité dans la dualité, qui s'étonnera que nous la condamnions et que nous la mettions en présence de l'ultimatum formulé plus haut, ultimatum peut-être un peu exagéré dans ses formes, mais qui n'en résume pas moins les deux grandes divisions morales de la femme dans la société moderne : « Ménagère ou courtisane. »

L'idéal de l'éducation des filles nous semble suffisamment indiqué. Le voici tout en quelques mots :

Instruction large et sobre, modestie, simplicité; amour de la famille, amour du mari, amour de l'enfant.

CHAPITRE IX

Le mariage à l'essai. — L'homme aux six femmes.

Quoiqu'on ait proclamé le Français le plus léger de tous les peuples, il faut bien reconnaître que c'est lui qui se montre le plus sérieux et le plus circonspect en ce qui touche les préliminaires du mariage.

Sur ce point, l'éducation donnée aux femmes françaises est des plus sévères et se distingue essentiellement de celle des autres nations, ainsi que nous le verrons tout à l'heure.

En France, la jeune fille sort de la pension, non pas pour être libre, mais pour vivre sous la tutelle de sa mère; on l'entoure d'une protection incessante; on ne lui permet que d'innocentes distractions; on fait tout, en un mot, pour la conserver à l'époux dans sa première candeur.

Dès qu'on lui a choisi un mari, l'élu est autorisé à lui faire sa cour; il peut à certaines heures venir causer avec sa fiancée; on lui permet quelquefois de la conduire à la promenade avec sa mère; mais là s'arrêtent les priviléges; tant que le prêtre n'a pas béni l'union projetée, la jeune fille reste sous la direction de ses parents, et elle ne saurait, sous peine de froisser toutes les lois acceptées, se soustraire à cette direction nécessaire.

Après le mariage, tout change. Sous le contrôle indulgent du mari, la femme devient libre de ses actions; elle peut sortir seule, aller et venir, sans que le monde y trouve à redire. Le mariage est pour elle une sorte d'émancipation dont elle se montre toujours fort jalouse. C'est là une des causes qui font toute jeune fille désireuse d'un prompt établissement.

Chez les autres peuples, les choses ne se passent pas tout à fait ainsi.

En Angleterre, par exemple, la femme ne s'appartient que hors du mariage.

Jeune fille, on lui donne toute liberté. Elle peut sortir seule, aller à la promenade sans sa mère et se montrer au théâtre sans être patronée par personne. Au besoin, elle voyage pour s'instruire; elle se prépare des éléments de réflexion et des souvenirs, en vue de l'époque où le mariage la tiendra pour jamais prisonnière.

Une fois mariée, en effet, elle doit dire adieu à toute initiative et à toute indépendance. Elle

devient la gardienne du foyer domestique; elle
n'a plus de volonté à formuler ni de caprice à
satisfaire; son rôle unique est de soigner ses
enfants, de les instruire, de veiller à l'économie du ménage, d'être en un mot épouse et
mère dans toute la force de ces deux termes.

L'Amérique procède de la même façon, mais
là, la liberté de la jeune fille est plus grande
encore, et l'esclavage de la femme moins sé-
vère.

Les mœurs très-libérales des Etats-Unis laissent à chacun le droit d'arranger sa vie
comme il l'entend, et on s'y étonne moins qu'en
Angleterre d'une dérogation aux coutumes
reçues.

Ce que nous trouvons de plus curieux à citer
parmi les traits de mœurs européennes, c'est
le mariage à l'essai, comme on l'entend dans
quelques parties de l'Allemagne.

Voici comment se pratique le mariage à
l'essai :

Un jeune homme et une jeune fille paraissent
se convenir et se recherchent en mariage. Aussitôt les parents sont prévenus, et un arrange-
ment intervient entre les deux familles; les
jeunes gens peuvent dès lors se fréquenter
assidûment, sortir ensemble, *voyager ensemble*,
et cela souvent pendant plusieurs mois.

Un exemple de ces mœurs singulières nous
est tombé sous les yeux et nous ne résistons
pas au plaisir de le citer tel que nos souvenirs
nous le rappellent.

C'était à Genève, par une belle soirée du mois
de juin; le lac Léman était couvert d'embarca-

tions et ses rivages encombrés de promeneurs, lorsqu'un jeune couple se présenta à l'hôtel de France, d'où, après un repos de quelques instants, il sortit pour se mêler à la foule.

Ce couple se composait d'une jeune fille et d'un beau garçon d'une trentaine d'années.

Il s'appelait Hermann.

Elle s'appelait Marguerite.

Quand l'hôtelier les vit entrer, il les prit pour de jeunes mariés ; mais son opinion dut se modifier en entendant Hermann demander deux chambres particulières.

— Ce n'est pas le mari et la femme, pensa le maître d'hôtel ; c'est plutôt le frère et la sœur.

Un étranger qui se trouvait à l'hôtel au moment où Hermann et Marguerite s'y présentèrent, avait fait la même réflexion.

Cependant, en observant plus attentivement le jeune couple, il crut comprendre que les deux jeunes gens étaient étrangers l'un à l'autre.

Mais la jeune fille portait sur le front un tel rayonnement de grâce et de pudeur ; Hermann avait l'air si loyal et si honnête, que l'observateur ne put pas un instant adopter une idée qui eût été outrageante pour tous les deux.

Il vit là un mystère, et il résolut de l'éclaircir.

En voyage, on se lie facilement ; c'est pourquoi nous n'étonnerons personne en disant qu'Hermann et l'étranger, s'étant trouvés à côté l'un de l'autre à table d'hôte, avaient fait connaissance le soir même.

Quand vint l'heure de se retirer, Marguerite
laissa les deux nouveaux amis en tête à tête,
attablés devant un broc de bière blonde.

C'était le moment qu'attendait l'étranger
pour tenter la confession d'Hermann.

— Votre femme est charmante, monsieur
Hermann, dit-il, quand Marguerite eut disparu.

L'Allemand sourit.

— Ce n'est pas ma femme, rectifia-t-il.

— Je dois donc dire votre sœur, se hâta d'a-
jouter l'étranger ?

— Pas plus ma sœur que ma femme.

Et comme son interlocuteur le regardait d'un
air intrigué. Hermann continua :

— Je vois bien que vous ne savez que penser
ou que vous allez imaginer de vilaines choses.
Si Marguerite n'est ni ma sœur ni ma femme,
que peut-elle être, vous demandez-vous ?

— Sans doute.

— Et sans doute aussi, reprit Hermann d'un
air tranquille, vous pensez qu'elle et moi nous
sommes deux jeunes fous, courant le monde,
après avoir pris brusquement congé de nos parents ?

— Je ne me permets pas de vous juger ainsi
de prime abord.

— Vous avez raison. Mais, comme je ne veux
pas que le doute s'implante plus tard dans
votre esprit lorsque vous songerez à nous, je
vais vous raconter mon histoire et vous expliquer comment vous me trouvez voyageant
seul avec une charmante créature qui n'est ni

ma femme, ni ma sœur, ni..... disons le mot,
ni ma maîtresse.

— Je vous écoute avec la plus grande attention.

— Eh bien, Monsieur, apprenez tout d'abord
que Marguerite et moi nous faisons l'essai de
la vie conjugale, l'apprentissage du mariage,
si vous voulez.

— Et cet apprentissage dure ?

— Depuis deux ans. Mais laissez-moi prendre
les choses au début.

Hermann se recueillit.

— Marguerite avait vingt ans quand je la
rencontrai, et dès l'abord, je fus frappé de sa
grâce et de sa beauté. Mais vous savez, Monsieur, combien les apparences sont parfois
trompeuses ; l'ange tourne volontiers au dé-
mon, comme la crème douce tourne à l'aigre.
Mon père m'avait enseigné la prudence, et le
moment était venu de faire mon profit de ses
leçons.

Je me présentai donc chez les parents de
Marguerite ; je leur avouai l'amour qu'elle m'a-
vait inspiré, et je fus admis à la connaître plus
intimement. Cette enfant partageait entièrement
ma manière de voir à l'égard du mariage ; elle
ne voulait pas s'engager à la légère.

Aussi, après six mois d'assiduité, fut-il convenu que nous voyagerions ensemble pendant
deux ans, afin d'étudier dans une intimité cons-
tante, les diverses faces de notre caractère.
Nous partîmes, par un beau matin de septem-
bre, de la ville d'Heidelberg que nous habi-

tions, et nous allâmes passer trois mois à Venise.

Là je commençai à apprécier d'une façon plus complète la tournure d'esprit de Marguerite.

Je la conduisis ensuite en France, pour étudier l'impression que ferait sur elle la vue de ce peuple dont les mœurs sont si différentes des nôtres. Quelques légers nuages se montrèrent dans notre ciel, après la première année de nos voyages.

Marguerite m'accusait d'être trop attentif au monde extérieur, de ne pas vivre assez de la vie intime et de manquer un peu d'ordre dans les idées.

Je lui reprochais, de mon côté, un fonds de mélancolie qui me semblait incompatible avec la sérénité qui doit régner dans la vie conjugale.

Bref, nous nous fîmes de franches observations, et chacun de nous prit l'engagement de s'amender.

Ainsi commença la deuxième année de nos pérégrinations. Aujourd'hui nous nous connaissons parfaitement ; nous savons les concessions que nous avons à nous faire et la somme d'indulgence que nous avons à nous garder.

— Si j'en juge d'après cet aperçu, interrompit l'étranger, votre épreuve a parfaitement réussi.

— Parfaitement, comme vous dites.

— Maintenant, qu'allez-vous faire ?

— Nous allons retourner à Heidelberg, où notre famille nous attend avec impatience, et dans un mois nous serons mariés.

Les deux jeunes gens partirent en effet quelques jours après, laissant dans l'esprit du voyageur un des souvenirs les plus curieux qui se puissent raconter.

L'histoire qu'on vient de lire n'est point une fable imaginée à plaisir; elle peint d'une façon plus vive qu'une simple note les mœurs de cette vieille Allemagne, si intéressante à observer.

Si on proposait en France cet apprentissage du mariage, quel immense éclat de rire ne soulèverait-on pas?

Et quel homme serait assez sûr de lui-même, quelle jeune fille serait assez ferme pour tenter cette bizarre aventure? C'est là une question de tempérament bien plus que de volonté. Le Français, naturellement vif, primesautier, passionné, considérerait ce tête-à-tête de deux ans avec une jeune fille comme une de ces tentations auxquelles on est inexcusable de résister.

L'Allemand, plus froid, plus méthodique et plus raisonné, trouve tout simple qu'avant de prendre un engagement qui ne doit finir qu'avec la vie, on s'assure prudemment des qualités et des défauts de la personne dont on va devenir le compagnon inséparable.

Cette circonspection dans les préliminaires du mariage se retrouve chez presque tous les peuples du Nord.

En Orient, comme nous l'avons vu plus haut, la femme n'ayant pas encore été réintégrée à la vraie place qu'elle doit occuper dans la société, le mariage se fait comme toute transaction ordinaire. L'épouse est une sorte de denrée, un objet de commerce, et les préliminaires conjugaux n'empruntent rien à la galanterie française ni aux singularités tudesques.

L'Orient a cependant fait un pas vers le progrès ; la polygamie y est moins en honneur qu'autrefois, et les hommes que leur rang et leur intelligence placent à la tête de ces nations encore arriérées, commencent à comprendre la vie conjugale comme elle doit être comprise.

Ils n'ont en général qu'une femme, et, s'ils entretiennent un sérail, c'est, nous l'avons dit aussi, pour satisfaire à leur réputation de luxe et ne pas rompre brusquement avec les traditions de leur race.

Mais, parmi les peuples complétement civilisés, il est un petit groupe d'hommes qui va nous offrir le sujet d'une observation intéressante.

Bien loin de nous, par delà les mers, au bord du lac qu'on appelle le Lac Salé, il existe une colonie, chaque jour plus nombreuse, fondée par une secte qui prit naissance en Amérique, ce pays natal des étrangetés les plus folles.

Les hommes qui composent cette secte s'appellent les Mormons.

Ils ont inventé une religion nouvelle, et, pour la pratiquer tout à leur aise, ils ont cherché aussi une nouvelle patrie et porté la vie dans un désert.

La cité qu'ils ont fondée est aujourd'hui florissante ; ils ont un commerce important, et de

nouveaux adeptes viennent incessamment gros-
sir leurs rangs.

Cette religion qu'ils se sont faite est un tissu
d'extravagances, dont le récit occuperait de
longues pages. Pour n'en citer qu'un exemple,
nous raconterons ce que le père des Mormons,
qui est à leurs yeux le représentant du pouvoir divin, pense des plaisirs mondains.

Il enseigne que Dieu veut que l'on s'amuse,
mais que l'on s'amuse honnètement.

Selon lui, la danse est un plaisir sacré, mais
toutes les danses ne sont pas agréables à Dieu.

Ainsi, dans le paradis, où l'on danse aussi,
suivant la singulière croyance mormonne, Dieu
ne se permet que les quadrilles et se dispense
de la polka et de la valse.

C'est pourquoi, lorsqu'il figure dans un bal,
le père des Mormons se livre aux douceurs de
la contredanse, mais il s'interdit rigoureuse-
ment toutes les danses de fantaisie, qui sont
laissées au commun des fidèles, dont la dignité
exige moins de réserve.

Cet échantillon, d'un assez haut comique, selon nous, peut donner une idée des singularités
capables de naître dans l'esprit des hommes.

Pour en revenir à notre objet principal, au
mariage, il faut dire que les Mormons admet-
tent ou plutôt commandent la pluralité des
femmes. C'est pour eux plus qu'une habitude,
c'est un devoir.

Quand un mormon s'obstine à rester célibataire, tout en ayant de quoi pourvoir à l'existence d'une épouse, un délégué du père vient
le trouver et lui tient à peu près ce langage :

— Mon ami, ton commerce est bon, tu es jeune et plein de santé, pourquoi ne te maries-tu pas?

— Parce que Dieu ne m'a pas encore inspiré sur ce point.

— Mon ami, il faut te marier au plus vite. Nous avons des jeunes filles qui sont dignes de toi; le père t'en choisira une.

Et le mormon se marie.

Mais quand il a pris une femme, tout n'est pas dit. La prospérité de la colonie est intéressée à l'accroissement des familles; si bien que le goût et la coutume aidant, un habitant du Lac Salé qui se respecte se trouve bientôt à la tête d'un nombre fort respectable d'épouses.

Cela n'est pas moral; mais une telle singularité vaut bien la peine qu'on la note.

Ces gens sont d'ailleurs des hommes comme nous, point sauvages, s'habillant ainsi que d'honnêtes bourgeois, instruits pour la plupart et s'entendant parfaitement aux affaires, à telles enseignes qu'on compte sur les bords du Lac Salé beaucoup de notables commerçants qui figureraient très-honorablement dans l'Almanach des 100,000 adresses.

Ces mœurs excentriques ne laissent pas que de créer parfois de sérieux embarras à ceux qui les ont adoptées.

En voici une preuve entre mille.

Un jour, un jeune mormon, fort riche du reste, tomba éperdûment amoureux d'une charmante fille qui n'avait d'autre dot que sa beauté, et, circonstance aggravante, comptait une fort nombreuse famille, ayant encore sa mère, sa grand'mère et trois sœurs plus âgées qu'elle.

L'amoureux, que nous appellerons Wild, risqua une déclaration, qui fut accueillie avec une certaine réserve.

Mais il n'était pas homme à se décourager.

Plus la femme qu'il convoitait lui semblait froide et retenue, plus il redoublait d'insistance.

Il avait pourtant perdu tout espoir et renoncé à sa recherche, lorsqu'un billet de la propre main de sa belle lui demanda un entretien pour le soir même.

Pas n'est besoin de dire qu'il courut avec ardeur à ce rendez-vous.

La jeune fille l'attendait seule dans l'humble salon de famille.

Elle était femme de tête, comme on va en juger, et ne craignait point d'attaquer carrément la difficulté.

— Monsieur Wild, dit-elle, je vous ai prié de venir ce soir, parce que je désire mettre fin à une situation qui devient de plus en plus embarrassante pour moi. Vous m'avez demandé ma main, et j'ai hésité à vous l'accorder, — malgré l'estime que j'ai pour vous, — parce que je ne puis me marier sans abandonner ma famille.

— Sur ce point, rassurez-vous, s'empressa de dire le poursuivant; je suis riche, et la position de votre famille ne peut que gagner à l'alliance que je vous propose.

— Cela ne me suffit pas. On prend de

bonnes résolutions, puis le temps passe qui les emporte avec lui.

— Expliquez-vous alors; quelles sont les conditions que vous mettez à votre consentement?

— Les voici : en m'épousant, il faut aussi que vous épousiez mes trois sœurs. »

Wild fit une légère grimace. Mais il était très-fortement épris, et, partant, il n'avait pas le loisir de songer à ce que sa quadruple alliance pouvait lui coûter.

— Soit, répondit-il, j'épouserai vos trois sœurs.

— Vous êtes un bon cœur, monsieur Wild : je vous avais bien jugé. C'est pourquoi vous comprendrez qu'une fois mes trois sœurs mariées, il est impossible que ma mère reste seule; elle a besoin de nos soins, de notre affection... Il faudrait...

— Quoi donc? demanda vivement le mormon.

— L'épouser aussi, proposa timidement la jolie fille.

— L'épouser?

— Sans doute... si vous m'aimez!

— Allons! soupira l'amoureux, puisque vous le voulez, j'y consens. »

Et il se leva pour partir, croyant avoir bien gagné la main de sa femme.

— Attendez! ordonna celle qu'il aimait. »

Le mormon se rassit avec résignation.

— J'ai encore autre chose à vous dire, continua l'ingénue.

— Parlez.

— Vous n'êtes pas sans avoir vu à la maison une pauvre vieille femme qui passe ses journées assise, sans rien dire, au coin de la cheminée.

— Je l'ai vue, en effet.

— C'est ma grand'mère, une bonne âme, monsieur Wild. Elle est douce et simple et tient si peu de place dans la maison, que c'est à peine si on s'aperçoit de sa présence.

— Eh bien ?

— Je voudrais la voir heureuse pour le reste de ses jours, et je pense...

— Vous pensez que je l'épouserai aussi ? s'écria l'amoureux.

— Si vous faites cela, vous aurez accompli une œuvre méritoire, monsieur Wild. »

En si beau chemin on ne peut s'arrêter. Wild accepta.

Pour avoir la femme de son choix, il épousa toute la famille.

La jeune fille avait fait le bonheur de tous les siens; le mariage eut lieu, et l'homme aux six femmes grandit en considération aux yeux de ses frères.

Il est inutile d'ajouter que cette polygamie n'est autre chose qu'une sorte d'adoption. Les cérémonies de mariage sont assez sommaires chez les Mormons; prendre une nouvelle femme, ce n'est quelquefois rien autre chose que donner asile à une créature digne d'intérêt, qui trouve dans le gynécée tous les avantages de la vie conjugale, sans être appelée à en remplir les devoirs auprès de l'époux.

Les curieux détails que l'on vient de lire

sont empruntés à une relation publiée par
M. Oscar Commettant, au retour de son voyage
dans ces pays étranges.

Ces récits relatifs à l'organisation de la colonie mormonne se vulgarisent du reste de
plus en plus, et un jour, sans doute, on pu-
bliera une histoire complète de ce peuple qui,
sous prétexte de progrès, semble prendre à
tâche, sur bien des points, de tourner le dos
à la civilisation moderne.

CHAPITRE X

Le divorce.

Dans un de nos précédents chapitres, nous
avons dit quelques mots du divorce et de la
séparation.

Notre intention première n'était pas de revenir sur cette question; mais il nous semble,
après réflexion, qu'elle est assez importante
pour mériter un peu plus de développements.

Nous ne prétendons pas, du reste, la discuter
avec méthode; si nous y revenons complémen-
tairement, c'est pour offrir au lecteur un
exemple actif d'une des singulières situations
que peut créer le divorce.

Dans une œuvre simple et familière comme celle-ci, les exemples valent mieux que tout l'échafaudage des raisonnements, parce qu'ils entrent plus directement dans l'esprit et s'y impriment d'une manière plus profonde.

La séparation, telle que la comprend la loi française, offre, ainsi que nous l'avons fait remarquer, une ressource aux époux désunis. Ils restent toujours libres de se réconcilier, et aucun engagement nouveau ne peut leur fermer la porte du repentir.

Le divorce crée, au contraire, une situation toute spéciale à ceux qui l'ont invoqué.

Il efface définitivement le passé et il fait naître des difficultés très-souvent insurmontables.

L'exemple que nous avons choisi suffira ponr le démontrer.

Madame de Mende s'était mariée, en 1840, à Bruxelles, sa ville natale. Elle avait tout ce qu'il faut pour être heureuse; elle l'aurait été en effet, si son caractère inquiet ne lui eût créé à chaque instant de chimériques soucis.

Entre autres défauts, elle avait celui d'être jalouse de son mari, et, quoiqu'elle fût d'une rare beauté, spirituelle et intelligente, trois conditions plus que suffisantes pour être aimée, elle ne rêvait que de trahison.

Son mari avait en vain essayé de combattre par le raisonnement et par les démonstrations de la plus vive tendresse cette fâcheuse tendance, madame de Mende n'avait point sur elle assez d'empire pour se réformer.

Après trois ans de cette vie de lutte sourde, le mari avait pris un sage parti.

Il ne s'occupait plus des petits caprices de sa femme et pensait que le seul moyen de la guérir de sa jalousie était de n'en pas tenir compte.

Madame de Mende ne l'entendait pas ainsi.

Chaque absence de son mari, qu'elle aimait cependant beaucoup, était la cause d'une petite discussion. Elle exigeait tant d'explications, tant de justifications de la part de cet homme dont la pensée était tout à elle, que l'existence dans ces conditions lui était devenue intolérable.

Un soir que M. de Mende était au théâtre, il entendit dans un groupe prononcer le nom de sa femme.

Il prêta l'oreille et comprit qu'on attaquait la réputation de madame de Mende, ou que du moins on élevait des doutes sur son véritable caractère.

Le mari, offensé dans ses plus chères affections, intervint brusquement et châtia le calomniateur.

Les cartes furent échangées, et il fut convenu que l'on se battrait le lendemain à deux lieues de Bruxelles. Madame de Mende ne devait rien savoir de ce projet, et son mari s'efforça de le lui cacher.

Mais, malgré toutes ses précautions, la femme jalouse devina un mystère, et son aveugle passion lui fit voir une trahison là où il n'y avait qu'une nouvelle consécration de l'amour et de l'estime qu'elle inspirait.

Elle interrogea M. de Mende sur le motif de son absence.

Contrairement à ses habitudes, il refusa de s'expliquer, protestant simplement de la loyauté de ses intentions.

Quand il partit, Mme de Mende pleura long-temps; puis la colère succéda aux larmes.

— Il me trompe! s'écria-t-elle; je le sens, j'en suis certaine. Demain nous nous sépare-rons.

En revenant de cette rencontre, dans la-quelle M. de Mende blessa grièvement son ad-versaire, il trouva sa femme décidée à une rupture.

Il voulut alors s'expliquer, dire la vérité tout entière, mais son récit fut traité de fable et sa franchise de dissimulation.

En présence de cette attaque injuste, le mari sentit la colère s'emparer de lui à son tour.

Il prononça quelques paroles un peu vives; la querelle s'envenima, et de part et d'autre le divorce fut décidé.

Un mois après, monsieur et madame de Mende étaient libres de tout lien.

Le mari, désolé de ce résultat, qui détruisait son bonheur, chercha l'oubli dans la dissipa-tion et dans les fêtes; la femme se retira chez sa mère, persuadée qu'elle avait pris le bon parti en abandonnant un homme indigne de son amour.

Trois années s'écoulèrent, après lesquelles Mme de Mende fut recherchée en mariage par un jeune médecin.

Son premier mari avait disparu, et depuis deux ans elle n'en avait plus entendu parler.

On le croyait parti pour une traversée de plusieurs années.

La jeune femme réfléchit pendant quelques semaines, après quoi elle se décida à accepter la nouvelle alliance qui lui était offerte.

Mariée pour la seconde fois, elle revint à la vie conjugale sans s'être guérie de son défaut capital : la jalousie.

Mais M. Dalbert, son second mari, grave par état, n'offrait point autant de prise que M. de Mende, l'homme du monde avant tout, à ce sentiment qui avait été la cause d'une décision aussi radicale.

Mme de Mende vécut donc relativement heureuse et calme, jusqu'au jour où lui arriva l'aventure que nous allons rapporter

Elle voyageait seule, à travers les plaines de la Campine.

C'était l'hiver. Une neige épaisse couvrait les chemins, et le cocher de Mme de Mende avait peine à reconnaître sa route. D'autre part, les chevaux avançaient difficilement à travers les ornières profondes, et la neige tombait toujours.

Le but du voyage était encore assez éloigné. On avait d'abord compté l'atteindre avant le soir ; mais le mauvais temps avait réduit à néant cette prétention. Il était cinq heures après-midi, et la première moitié de la route n'était pas faite.

— Madame, dit enfin le cocher, il est impossible de faire encore plus d'une lieue aujourd'hui; les chevaux n'en peuvent plus.

— Que faut-il faire? demanda la voyageuse assez inquiète.

— Le meilleur parti à prendre est de nous arrêter au village que vous voyez au bout de la plaine et d'y coucher cette nuit.

— Mon mari sera inquiet; il doit me rejoindre aujourd'hui même.

— Pour vous rejoindre, madame, il faut nécessairement qu'il passe par ce même village, et il nous y rencontrera.

— Vous avez raison. Arrêtons-nous.

Le cocher poussa vivement ses chevaux, et une heure après, Mᵐᵉ de Mende, grelottante et affamée, entra dans la salle de l'unique auberge du village.

— Pouvez-vous me donner à souper? demanda-t-elle à la maîtresse du lieu.

— Ah! madame, répliqua cette dernière, avec la neige, il est impossible de se procurer des provisions. Le peu que j'en avais m'a été retenu pour le souper d'un voyageur qui, comme vous, se trouve arrêté par le mauvais temps.

— Il ne me faut pas grand'chose, insista la voyageuse : un peu de lait me suffira.

— Attendez, fit tout à coup l'hôtesse. Ce monsieur qui doit souper ici a l'air fort bon; il ne refusera certainement pas de vous céder une part de son repas. — Voulez-vous que je le lui demande?

— Volontiers.

9.

L'hôtesse disparut un instant et revint en disant :

— Ce monsieur a dit qu'il était heureux de vous rendre service ; il va descendre lui-même pour se mettre à vos ordres.

Mme de Mende s'assit auprès de la cheminée, pour attendre la visite de l'obligeant voyageur.

Quelques minutes après, la porte s'ouvrit et livra passage à l'étranger, qui s'approcha aussitôt de Mme de Mende.

Quand celle-ci le vit debout devant elle, elle poussa un cri de surprise auquel répondit une exclamation du nouveau venu.

L'étranger, c'était son premier mari, c'était M. de Mende.

Il se remit promptement de son trouble, et s'inclinant devant sa femme comme il eût fait en présence d'une inconnue :

— Madame, dit-il, cette bonne femme vous a dit déjà que je me mettais à vos ordres. Je suis heureux de vous renouveler moi-même cet engagement. Le souper est servi, veuillez me faire l'honneur de prendre ma place à table.

— Mais.... vous, monsieur ? balbutia la pauvre femme, saisie d'une insurmontable émotion.

— Moi, je n'ai plus faim, répliqua M. de Mende d'un ton étrange.

La voyageuse s'enhardit.

— Monsieur, dit-elle, il n'y a ici que deux étrangers qni n'ont plus rien à faire avec le passé. Pour que j'accepte votre offre, il faut que vous me fassiez vous-même les honneurs de votre souper.

Sans répondre, agité qu'il était de mille sentiments divers, l'ex-mari offrit en tremblant la main à la jeune femme et la fit asseoir en face de lui.

Le commencement du souper fut silencieux. On n'osait pas parler, mais les poitrines oppressées se soulevaient sous le coup d'une forte émotion intérieure.

Bientôt, M. de Mende laissa échapper un soupir, et d'une voix faible il murmura :

— Ah! Marie, si vous aviez voulu, pourtant!

Ce retour sur le passé qu'on avait promis d'oublier, ce regret à demi-exprimé, provoqua une révolution subite chez Mme de Mende.

Elle cacha sa tête entre ses mains, et un flot de larmes inonda son visage.

Son mari se mit alors à lui parler d'une voix douce; il lui expliqua sa conduite d'autrefois; il lui raconta combien il avait souffert loin d'elle, et maudit l'heure fatale qui les avait séparés.

— Je suis mariée, laissa échapper Mme de Mende d'une voix faible.

— Etes-vous heureuse, au moins? demanda-t-il avec une sorte d'intérêt douloureux.

Elle le regarda longuement.

— Je le serais, dit-elle, si je ne me souvenais pas.

Ah! combien elle regrettait alors, la folle enfant, les égarements de son esprit. Ainsi placée entre le mari qu'elle avait tant aimé et celui qu'elle avait ensuite accepté, elle sentait son cœur se déchirer dans sa poitrine.

Elle eût voulu recommencer la vie, mais il était trop tard.

Un coup frappé à la porte arracha les deux époux à cette situation pleine d'angoisses, et la voix de M. Dalbert se fit entendre au dehors.

— C'est lui! c'est.... mon mari! fit Mme de Mende. Hélas! nous avons rêvé pendant une heure et voici que la réalité nous réveille. Adieu.

Et de la main elle montra à l'homme qu'elle aimait encore la porte de sa chambre.

M. de Mende inclina lentement la tête et disparut, laissant tomber sur sa femme un regard chargé d'amour et de regret.

Au même instant M. Dalbert entra.

N'y a-t-il pas là tout un drame poignant et ne doit-on pas, en présence d'un fait de cette nature, proclamer la sagesse du législateur qui a rayé de nos codes la loi du divorce?

CHAPITRE XI

La loi universelle.

En terminant cette rapide esquisse de l'amour et du mariage, considérés comme condition première du bonheur, formulons une loi qui domine tout l'ensemble de la création :

La loi du travail.

Presque aussi ancienne que la loi d'amour, elle mérite au premier chef d'être prise en considération pour le rôle qu'elle joue aussi dans les éléments de la félicité humaine.

Il ne faut plus faire ici de distinction entre les divers genres de mariage ; il faut montrer le travail comme la clé de voûte de l'édifice moral, assurant le bien-être des unions particulières comme celui des sociétés.

Le travail est obligatoire pour tous ; matériel ou intellectuel, il doit régner en maître sur l'individu comme sur la masse.

De là trois points de vue sous lesquels il convient de l'examiner :

La société,
La famille,
L'individu.

Questions d'ordre public, de moralité et de bien-être.

Prenez un État, et supposez chacun des hommes qui composent cet État sérieusement occupé de son labeur quotidien et concourant, dans la mesure de ses forces, à la prospérité générale, et vous aurez trouvé l'idéal politique rêvé par les économistes.

Dans cet État, le progrès marchera d'un pas lent peut-être, mais uniforme ; tout cédera à l'empire de l'idée ; les révolutions y seront pacifiques, l'ordre public sera continuellement sauvegardé, car, chacun s'attachant à bien remplir le rôle qui lui est dévolu, comprendra que l'abandon de son poste serait le renversement de l'ensemble, ou du moins sa désorganisation.

Dans la famille, le travail fonde la moralité, qui est l'ordre, comme l'ordre est aussi la moralité de l'État. Si le chef de l'association travaille, il écartera les occasions, mauvaises conseillères ; il apprendra à ses enfants la grande loi qui le régit et qu'il respecte ; un bien-être toujours croissant découlera de la pratique de ces règles ; la famille aura fait un pas nouveau vers l'avenir qui doit l'élever d'un degré dans la hiérarchie morale.

Pour l'individu, travailler c'est aussi préparer l'avenir. C'est se soustraire au mal ; c'est faire l'apprentissage du progrès. Avec le travail, un homme ne connaît plus de barrière ; il est maître de sa position, il a son triomphe entre les mains, triomphe relatif, souvent modeste, mais en somme suffisant à qui en a fait son but.

Croire, aimer, travailler, voilà donc le triple

terme de la vie conjugale. Si, à ceux qui croient, à ceux qui aiment, à ceux qui travaillent, Dieu a donné encore la santé du corps et la fermeté de l'esprit, quelle force n'auront-ils pas pour traverser les écueils dont la vie est semée ?

Le labeur consciencieusement accepté, la tranquillité conquise, l'amour entretenu comme un feu régénérateur, tout cela jette à l'homme un rayonnement divin.

Il va plein d'espérance vers le but où Dieu le mène.

Il a le cœur satisfait, parce qu'il travaille ; l'éclair au front, parce qu'il croit ; la chanson aux lèvres, parce qu'il aime.

FIN DU DEUXIÈME VOLUME.

TABLE DES MATIÈRES

L'amour et le mariage.

FIN DE LA TABLE DU DEUXIÈME VOLUME

Paris. — Typ. A. PARENT rue Monsieur-le Prince, 31.

Paris. — Typ. A. PARENT rue Monsieur-le-Prince, 31.

www.ingramcontent.com/pod-product-compliance
Lightning Source LLC
Chambersburg PA
CBHW071104260626
47162CB00006B/2201